ज्ञान गरिमा के
72 वर्ष

भारतीय
ज्ञानपीठ

णाणं
पयासयं

वीर नि.सं.
2470

ई.सन्
1944

भारतीय ज्ञानपीठ

लेबर चौराहा

(उपन्यास)

लेबर चौराहा

मंजू देवी
ऐसोसिएट प्रोफेसर (मनोविज्ञान)

भारतीय ज्ञानपीठ

लोकोदय ग्रन्थमाला : ग्रन्थांक 1334

ISBN 978-93-263-5492-9

लेबर चौराहा
(उपन्यास)
मंजू देवी

प्रकाशक : **भारतीय ज्ञानपीठ**
18, इन्स्टीट्यूशनल एरिया, लोदी रोड, नयी दिल्ली-110 003

मुद्रक : विकास कम्प्यूटर ऐंड प्रिंटर्स, दिल्ली-32

आवरण-चित्र : लीलाधर मंडलोई
आवरण-सज्जा : चन्द्रकान्त शर्मा

LEBAR CHAURAHA
(Novel)
by Manju Devi

Published by
Bharatiya Jnanpith
18, Institutional Area, Lodi Road, New Delhi-110 003
Ph. : 011-24698417, 24626467; 23241619 (Daryaganj)
Mob. : 9350536020; e-mail : bjnanpith@gmail.com
sales@jnanpith.net; website : www.jnanpith.net

First Edition : 2017
Price : Rs. 210

प्रस्तुत पुस्तक
मेरे स्वर्गीय पिता को समर्पित है,
जिन्होंने घोर गरीबी का जीवन
ईमानदारी से जीकर
शिक्षा के महत्त्व को
पहचाना।

—डॉ. मंजू देवी

दो शब्द

प्रस्तुत पुस्तक ''लेबर चौराहा'' वर्तमान समय की ज्वलन्त समस्याओं पर लिखी गयी महत्त्वपूर्ण पुस्तक हैं। पुस्तक लिखने के पहले मैं बनारस शहर में चौराहों पर लगने वाली लेबर मंडी के मजदूरों से आत्मीयता के साथ मिली। यह मिलना एक बार नहीं, कई-कई बार हुआ। उनके जीवन के दुःख दर्द, बेरोजगारी, संघर्ष, असुरक्षा, आत्मसम्मान, खुशी सबको मिलजुलकर बाँटा गया। कोई अपनी स्थितियों से दुःखी था कि आखिर ऐसा क्या किया कि आज काम पाने और रोजी-रोटी चलाने के लिए चौराहे पर खड़ा होना पड़ा तो दूसरी ओर कुछ लोग ऐसे भी मिलें जिन्हें अपने श्रम पर विश्वास था कि उन्हें कोई न कोई काम जरूर मिल जाएगा और वे आत्मसम्मान का जीवन जी सकेंगे।

कड़ी मेहनत करने के बाद भी लोगों का व्यवहार मजदूरों के प्रति अच्छा नहीं होता है। लोग मजदूरों को बात-बात पर गालियाँ देते हैं, बाल नोच-नोच कर मारते हैं, काम कराने के बाद पैसा नहीं देते हैं। यदि मजदूर ठेकेदार के साथ काम करते हैं तो वह पूरे पैसे नहीं देता है, और कई दिनों तक टरकाता है। साथ ही यदि मजदूर किसी घर में अकेले काम करता है तो उसे पूरे घर में अकेला छोड़कर, नीचे से ताला बन्द करके मालिक चला जाता है, और तय समय के बाद आकर घर खोलता है। मजदूर अकेला ही घर में घबराता रहता है। इस बात की शिकायत कई मजदूरों ने की। लेबर चौराहे के मजदूरों की अपनी एक अलग कहानी है। कोई बिहार के किसी गाँव से तो कोई चकिया, चन्दौली, गोरखपुर, गाजीपुर, बलिया, कुशीनगर, आजमगढ़, मुर्शिदाबाद आदि न जाने किन-किन शहरों से आकर यहाँ मजदूरी करने के लिए बाध्य है। बनारस शहर के चौराहों पर लगने वाली सभी लेबर मंडी के मजदूरों से मैं मिली। यद्यपि उनकी समस्याएँ बहुत ज्यादा गहरी हैं और उनका समाधान निकालने के लिए मजदूरों को खुद ही आगे आना होगा।

प्रस्तुत पुस्तक को लिखने में जहाँ कहीं भी परेशानी आयी, मेरे मित्रों का

सहयोग समय-समय पर प्राप्त होता रहा, जिसके लिए मैं उन्हें धन्यवाद देती हूँ।

सर्वप्रथम मैं भारतीय ज्ञानपीठ, नयी दिल्ली के निदेशक श्री लीलाधर मंडलोई जी का विशेष रुप से आभार व्यक्त करती हूँ, जिन्होंने मेरे काम को पहचाना और 'लेबर चौराहा' के मजदूरों के जीवन गुणवत्ता में बदलाव हेतु अपनी चिन्ता प्रकट की तथा इस कार्य को आम जनता के बीच में लाने हेतु अपनी सदाशयता दिखायी।

गाँधीवादी एवं प्रतिष्ठित मनोवैज्ञानिक डॉ. कमालुद्दीन शेख, डी.ए.वी.पी.जी. कॉलेज, वाराणसी से 'लेबर चौराहा' विषय के विविध पक्षों पर गहन विचार-विमर्श हुआ। पांडुलिपि को वर्तमान स्वरुप प्रदान करने में उनका महत्त्वपूर्ण सहयोग मिला एवं उनके अमूल्य सुझाव को पुस्तक में सम्मिलित करते हुए मुझे हर्ष का अनुभव हो रहा है।

मेरी मित्र डॉ. अदिति मिश्र, महाविद्यालय नैक समन्वयक एवं विभागाध्यक्ष, राजनीति विज्ञान, जगतपुर स्नातकोत्तर महाविद्यालय, जगतपुर, वाराणसी ने विषय की गम्भीरता और संवेदनशीलता के सन्दर्भ में ढेर सारे सुझाव दिये, जिनकी जितनी भी सराहना की जाए, वह कम है। राजनीतिक एवं आर्थिक सन्दर्भों में समस्या की पहचान करने का उनका दृष्टिकोण मेरे अध्ययन में लाभदायी रहा। डॉ. अदिति मिश्र को हृदय से धन्यवाद।

बहुआयामी प्रतिभा के धनी हिन्दी के साहित्यकार डॉ. क्षमा शंकर पांडेय जी ने पुस्तक को उपयोगी बनाने तथा वर्तमान समय में मजदूरों की बढ़ती हुई संख्या को ध्यान में रखते हुए दिशाहीन विकास के मुद्दों को शामिल करने का सुझाव दिया। आखिर यह विकास किसके लिए है? पुस्तक लेखन में जहाँ कहीं भी सुझाव की जरूरत हुई डॉ. क्षमाशंकर पांडेय जी से विषय एवं भाषा सम्बन्धी मिले सुझावों के प्रति कृतज्ञता ज्ञापित करती हूँ।

श्री जयप्रकाश पांडेय, राजकीय पब्लिक लाइब्रेरी, इलाहाबाद, श्री अंजनी कुमार, के.एन.पी.जी. कॉलेज, ज्ञानपुर के प्रति भी आभार प्रकट करना धर्म समझती हूँ, जिनके सुझावों से मुझे बहुत लाभ हुआ है।

मेरी बहन डॉ. लिली सिंह, अपर परियोजना निदेशक, आई.सी.डी.एस. लखनऊ ने पान्डुलिपि को तैयार करने में समय-समय पर महत्त्वपूर्ण सुझाव दिये, जिनका मैं हृदय से आभार व्यक्त करती हूँ।

घर के कामों में सहयोग करने वाली मेरी प्रिय गंगा साहनी को धन्यवाद दिये बिना मेरा काम पूरा नहीं हो सकता। गंगा ने विषय की गम्भीरता को पहचाना और मेरे लेखन की सराहना खुले दिल से की। मेरे साथ में रहकर वह अपनी अधूरी छोड़ी हुई पढ़ाई को पूरा करने का प्रयास कर रही है।

इस बात में तनिक भी सन्देह नहीं है कि बेरोजगार, मेहनतकश, गरीब, भूखी,

बड़ी आबादी के विकास के बिना देश की प्रगति असम्भव है।

मेरे कॉलेज के कार्यालय सहयोगियों श्री विश्वरंजन मालवीय, श्री सुभाष पांडेय तथा एकाउंटेंट श्री रमाकान्त जी को मेरे प्रति आत्मीय व्यवहार के लिए आभार। जिन्होंने मुझे नियमानुसार मिलने वाली छुट्टियों के लिए संवेदनशीलता दिखायी और स्वीकार किया कि ऐसे पुनीत कार्य के लिए छुट्टियाँ लेना आवश्यक है।

बनारस शहर में चौराहों पर लगने वाली हर लेबर मंडी की अपनी विशेषताएँ हैं और हर मजदूर अपनी-अपनी तरह से रोजगार ढूँढ़कर अपना जीवन यापन कर रहा है। जैसे—लौंडा डांस करने वाले व्यक्ति को शादी-ब्याह, मुंडन, जनेऊ आदि के समय डांस का काम मिल जाता है, और वर्ष के बचे हुए दिनों में वह हलवाई का काम करता है, या चौराहे पर खड़े होकर लेबर का काम ढूँढ़ता है। लेबर चौराहे के मजदूरों से मैं कई वर्षों तक आत्मीयता के साथ मिलती रही। उनके लड़खड़ाते कदमों को देखकर जो लोग यह समझते हैं कि मजदूर ने शायद शराब पी है, उन्हें अपनी सोच में बदलाव लाना होगा। लगातार भरपेट भोजन न मिल पाने से धीरे-धीरे उसका शरीर जर्जर हो जाता है। किसी तरह अपना पेट भरने के लिए वह चौराहे पर काम पाने के लिए खड़ा है। सच्चाई यह है कि मजदूर अपने अस्तित्व की लड़ाई लड़ रहा है।

लेबर चौराहे के उन सभी मजदूरों को विशेष धन्यवाद, जिन्होंने अपना महत्त्वपूर्ण समय निकालकर हमसे बातचीत की और तन्मयतापूर्वक अपना सुख-दुःख साझा किया, जिससे यह कार्य सम्पन्न हो सका।

आशा करती हूँ कि प्रस्तुत पुस्तक उन सभी चिन्तकों, विचारकों, कार्यकर्ताओं और समाज-सुधारकों को बार-बार सोचने के लिए विवश करेगी जो देश की परिस्थितियों से परिचित हैं, और मजदूरों की रोजी-रोटी एवं छत की लड़ाई लड़ रहे हैं।

अन्त में मैं अपने टाइपिस्ट अकरम कुरैशी और जावेद कुरैशी को विशेष धन्यवाद देती हूँ जिन्होंने पांडुलिपि को टाइप करने में सहयोग प्रदान किया।

धन्यवाद !

—डॉ. मंजू देवी

अनुक्रम

लेबर चौराहा

अध्याय : एक

आमुख

आज के आधुनिक और वैश्वीकरण के युग में लेबर मंडियों की बढ़ती हुई संख्या ने बहुत सारे प्रश्नों को जन्म दिया है। एक ओर बड़े-बड़े मकान हैं, तो दूसरी ओर बहुत बड़ी संख्या उन लोगों की है, जिनके पास न घर है, न भोजन है, न शौचालय है, और न ही नहाने और पीने के लिए पानी है। तन ढकने के लिए कपड़े भी नहीं हैं। स्वच्छ पानी की तो वह कल्पना भी नहीं कर सकता है। जहाँ जगह दिखी बस वही उसका घर है। पैर फैलाने के लिए बस थोड़ी-सी जगह भर चाहिए। जेब में जितना पैसा है, उस दिन पेट को भोजन भी उतना ही मिलेगा। किसी को किसी से कोई शिकायत नहीं है। उसे विश्वास है तो केवल ऊपर वाले पर। तभी तो बुनकरी से लेबरई में आये अनीस ने साफ शब्दों में कहा कि "मालिक ने मुँह दिया है तो काम भी वही देगा।"

किसी भी शहर को चलाने में, शहर की घड़कन निरन्तर बनाये रखने में मजदूरों का योगदान अत्यन्त महत्त्वपूर्ण होता है। देश के निर्माण में मजदूरों की भूमिका महत्त्वपूर्ण होती है, फिर भी बहुत से लोगों का व्यवहार उनके प्रति बहुत खराब होता है। जैसे— काम करवा कर पैसा न देना, बात-बात पर थप्पड़ तान देना, गाली दे देना, झोटा (बाल) नोचकर मारना, पैसा न देना पड़े इसके लिए बन्दूक तक तान देना, झूठ बोलकर काम के लिए ले जाना, जैसे—यह कहना कि काम पहली मंजिल का है, और चौथी मंजिल तक दौड़ने का काम देना, बिना सुरक्षा का इन्तजाम किये, जोखिम भरे कामों को करने के लिए बाध्य करना, पूरा पैसा न देना, शाम को जब पैसा देने का वक्त आये तो घर को बाहर से बन्द करके गायब हो जाना, बात-बात पर माँ-बहन की गाली देना, ठेकेदारों द्वारा पूरा पैसा न देना, उनका पैसा चोरी कर लेना, उन्हें ज्यादा चोट लग जाने पर भी इलाज करवाने में रुचि नहीं दिखाना आदि ऐसे मुद्दे हैं, जिस पर प्रस्तुत पुस्तक में चर्चा की गयी है।

लेबर चौराहे पर खड़ा मजदूर हर तरह से शोषण का शिकार होता है। ऐसा नहीं है कि वह अनायास ही वहाँ खड़ा है। वह तो काम पाने की आशा में वहाँ खड़ा

होता है। एक तो मजदूरों को रोज काम नहीं मिलता है, दूसरे जिसके दुकान के आगे वह खड़ा होता है, वे उसे दुकान खोलने के लिए आते ही गालियाँ देने लगते हैं। कई बार ये दुकानदार चौराहे के मजदूर को डंडा लेकर दौड़ाते भी हैं। इन सब स्थितियों पर विचार करने की जरूरत है और चौराहे के मजदूरों के प्रति संवेदनशीलता बनाये रखने की जरूरत है। लेबर–चौराहे का मजदूर बहुत महत्त्वपूर्ण व्यक्ति होता है, वह ऐसे बहुत से काम कर देता है जिसे आप और हम नहीं कर सकते हैं।

गंगा के किनारे बंसा होने के कारण बनारस शहर में जो कोई कमाने–खाने आता है, वह कुछ न कुछ कमा ही लेता है। देश के विभिन्न भागों से न जाने कितनी गरीब जनता यहाँ कमाने के लिए आती है। चूँकि उसे किसी तरह का प्रशिक्षण प्राप्त नहीं होता है, ऐसी स्थिति में उसके पास लेबरई (मजदूरी) करने के अलावा कोई विकल्प नहीं होता है। जब वह गाँव से शहर की ओर चलता है तो उसके मन में बहुत सारे प्रश्न होते हैं, लेकिन समाधान उसे स्वयं ढूँढ़ना होता है। शरीर पर एक कपड़ा, प्लास्टिक के झोले में थरिया (थाली), गिलास, पानी के लिए एक बोतल, और एक गमछा लेकर शहर में काम ढूँढ़ने का रास्ता उसे स्वयं खोजना होता है। गंगा के किनारे बसे हुए इस शहर की भूमिका मजदूरों का जीवन चलाने में महत्त्वपूर्ण होती है। किसी तरह नित्य की क्रिया से खाली होकर वह काम पाने के लिये चौराहे पर आ जाता है। दिन में काम मिला तो ठीक है, नहीं तो यहाँ के मैदागिन चौराहे पर खड़ा होकर या सोकर भी काम आने का इन्तजार करता है, ताकि कई लोग मिलकर माल आदि उतारकर सौ–पचास रुपये कमा सकें। कोई चन्दौली, तो कोई चकिया से, कोई बेगूसराय से तो कोई भभुआ सासाराम, सहरसा, बेतिया आदि न जाने कहाँ–कहाँ से आकर वह अपनी रोजी–रोटी के जुगाड़ में चौबीस घंटे लगा रहता है। कई बार तो वह भूखा ही सो जाता है।

जीवन की मूलभूत सुविधाओं से वंचित इन मजदूरों के लिए आजादी का क्या अर्थ है, यह वह स्वयं भी नहीं जानते हैं। अपना और अपने परिवार का भरण–पोषण करने के लिए उसे बहुत प्रयास करना पड़ता है। मजदूर जिस तरह की जलालत झेलता है, उसकी पीड़ा को केवल वह ही समझ सकता है। चौराहे का मजदूर आखिर अपनी पीड़ा किससे कहें? जब लोग काम करवा कर पैसा नहीं देते हैं, या मजदूरों के जाने के समय जब गायब हो जाते हैं तो मजदूरों पर क्या गुजरती होगी? यह सोचने का विषय है।

बनारस शहर के खिड़किया घाट पर (राजघाट पुल के नीचे) बहुत से मजदूर सोते हैं। इस घाट पर दिन में भैंसें नहाती हैं, सूअर और कुत्ते घूमते रहते हैं। उस सोने के लिए मजदूर को पाँच रुपया प्रतिदिन देना पड़ता है। उसी घाट पर सोने के लिए मजदूरों से स्थानीय गुंडे पैसे वसूलते हैं। आखिर वे किसकी अनुमति से पैसा

वसूलते हैं?

मजदूर का इस तरह से चौराहे पर भेड़-बकरियों की तरह बिकने आना दु:खद स्थिति है। इनसान चौराहे पर विकल्पहीनता की स्थिति में आता है। जब मजदूरों के पास कुछ नहीं होता तो उन्हें लगता है कि यह शरीर है, और यही बिक जाए। आज मजदूर हाशिये पर जा रहा है। यह एक गम्भीर मानवीय त्रासदी की ओर संकेत करता है। इससे अधिक दुर्भाग्य क्या हो सकता है कि जिस तरह वस्तुएँ बिक जाती हैं, उसी तरह मनुष्य बिकने के लिए तैयार है। आखिर मजदूरों के प्रति लोगों का रवैया इतना खराब क्यों है? भूख और गरीबी का मजाक नही बनाते हुए खेती का आधुनिकीकरण इस तरह से किया जाए कि ग्रामीण जनता का शहरों की ओर पलायन कम से कम हो। यह आवश्यक नही है कि शहरों की ओर आने के बाद भी मजदूरों को काम मिल ही जाएगा। चौराहे के मजदूरों का पूरा समय इसी उधेड़बुन में बीत जाता है कि उसे काम मिलेगा या नहीं? मजदूरों की परेशानियों को कौन समझेगा? क्या उनकी परेशानियों को समाज, पुलिस, उनसे काम करवाने वाले तथा सरकारें समझ सकती हैं? सरकारें यदि सब कुछ जानते हुए भी मुँह मोड़ेंगी तो स्थिति कभी भी विस्फोटक हो सकती है। केवल खेती से लोगों का खर्च नहीं चल पा रहा है, उन्हें अपने खर्चों के लिए वैकल्पिक रोजगार की जरूरत है। मजदूरों को हाथ की कोई कला की ट्रेनिंग नही है कि वह घर में रहकर ही कुछ कर ले। चौराहे के मजदूरों के साथ जिस तरह का अमानवीय व्यवहार होता है, उससे मजदूर आखिर कैसे निपटेगा?

प्रस्तुत पुस्तक को लिखने के लिए न जाने कितने चौराहे के लेबर (मजदूरों) से मिली। उनके साथ बहुत लम्बा समय (करीब तीन वर्ष) गुजारा। उनके सुख-दुख की साथी बनी। सभी अपने लगे। कोई गाँव से तो कोई शहर से इस शहर में कमाने खाने आ गया। जिसका कोई अपना नहीं है, वह भी दो-चार रुपये जेब में रखकर कमाने खाने चला आया। चौराहे के मजदूरों ने स्वयं कहा कि इस बनारस शहर ने सभी को सहारा दिया है। यहाँ से कोई खाली हाथ नहीं लौटा है। मजदूर तो सुबह शाम की चिन्ता लिये भूखी आँखों से काम पाने की आशा लिये चौराहे पर खड़ा है। मजदूरों के मन में बहुत सारे प्रश्न है। उसका जबाब किसी के पास नहीं है। मजदूर किन परिस्थितियों में जी रहा है, इस बारे में सोचने की फुर्सत किसी के पास नहीं है। बड़े-बड़े नारों और भाषणों से उसे कुछ नहीं लेना देना है। उसे तो बस दो समय की रोटी चाहिए। परिवार के सदस्यों को नमक रोटी मिल जाए और कुछ कमाकर दस-पन्द्रह दिनों में घर चला जाए। परिवार के मोह और लगाव के कारण ही तो वह जी रहा है।

लेबर चौराहे का मजदूर जिन परिस्थितियों में जी रहा है, उसे शब्दों में बयान

करना मुश्किल है। आखिर वह भी इनसान पहले है, और लेबर बाद में। लेबर मंडी में खड़े मजदूरों में कोई किसी का परिचित नहीं होता है और न ही उनके बीच जाति और धर्म को लेकर किसी प्रकार का कोई भेदभाव होता है। यदि मंडी में कोई काम आ गया और एक लेबर से यदि मालिक बात कर रहा होता है तो दूसरा लेबर उसे लपकने (छीनने) का प्रयास नहीं करता है। वह जानता है कि ऐसा काम करना किसी के हित में नहीं है।

जब एक मजदूर यह कहता है कि ''कल हम चार लोग एक जगह काम करने गये थे। मालिक चाहता था कि काम जल्दी से जल्दी हो जाए। उसने फरसा छीनकर तीन लोगों को झोटा नोंचकर (बाल खींचकर) लात घूसों से मारा। फिर काम बताकर मुख्य दरवाजे पर ताला लगाकर शाम को सात बजे वापस आया।'' चौराहे का लेबर ऐसी प्रताड़नाओं को सहते हुए कैसे जीवन व्यतीत करता है यह सोचने का विषय है। सुरेश लेबर ने बताया कि ''सुबह ही मकान के अन्दर ईंट चढ़ाने का ठेका चार लोगों ने मिलकर लिया था। बारह सौ रुपये पर बात हुई थी। जब पूरीं ईंट चढ़ गयी तो मालिक ने आठ सौ रुपये देकर हम लोगों को भगा दिया। ऐसी परिस्थितियों से निपटने का कोई रास्ता चौराहे के लेबर के पास नहीं होता है, क्योंकि एक अनजान शहर में वह किसके आसरे विरोध करे।

विभिन्न शारीरिक और मानसिक शोषण को सहते हुए मजदूर अपना मुँह बन्द करके जीवन जीने के लिये विवश है। फूलचन्द नामक मजदूर ने एक बार रोते हुए बताया कि एक बार एक जगह लेबरई करने गये थे। गली का अँधेरा घर था। घर में कोई नहीं था। मालिक हमें अकेला छोड़कर चला गया। जब शाम को अँधेरा हो गया तो मालिक वापस आया। जाते समय वह नीचे से ताला लगाकर चला गया। दिनभर भूखे प्यासे और डरे हुए फूलचन्द की जान में जान तभी आयी जब मालिक ने देर शाम को वापस आकर उसे मुक्त किया।

काम करवा कर पैसा नहीं देना, मारपीट करना, माँ-बहन की गाली देना, डराना धमकाना, ठेकेदारों द्वारा पैसा चोरी कर लेना, गाली सुनाना, काम का न मिलना, काम करने की विपरीत परिस्थितियों का होना, चार-चार मंजिल तक सीढ़ी चढ़ना, गर्मी में धूप में भी काम करने के लिए बाध्य करना, पानी, शौचालय के लिए कठोर संघर्ष करना, पुलिस द्वारा तंग किया जाना, काम पाने के लिए सड़क पर कई-कई घंटे तक खड़ा रहना, तथा रात में सोने के लिए जगह ढूँढ़ने की परेशानी, आये दिन भूखे सो जाना, जाड़ा गर्मी और बरसात की परवाह नहीं करना, काम नहीं मिलने पर परिवार में कलह होना, अशिक्षा के कारण जबर्दस्त असुरक्षित महसूस करना आदि इन मजदूरों की आम समस्यायें हैं।

भूख और गरीबी से जूझते लेबर को बनारस शहर में अपनापन लगता है।

यू.पी., बिहार और बंगाल जो जहाँ से उठा उसे इस शहर ने सहारा दिया है। वह यह मानकर चलता है कि इस शहर में कोई भूखा नहीं सोता है। भगवान महादेव कुछ न कुछ जरूर देंगे। यह सोच ही उसे जीवन जीने का सहारा देती है। उसे मतलब है तो बस घर की यादों से, भविष्य में बच्चों के सहारे से और अपनी मेहनत से जिसके सहारे उसका जीवन चल रहा है। जीवन की उहापोह और मन में बहुत सारे प्रश्नों को लेकर वह शहर चला आया है, जहाँ कोई उसका अपना नहीं है। "शाइनिंग इंडिया" का सच इन लेबर मंडियों और चौराहों पर देखा जा सकता है। कोई एक भी काम आने पर लेबर जिस तरह से काम पाने के लिए दौड़ लगाते हैं, वह दृश्य पूरे मन-मस्तिष्क को झकझोरने वाला होता है। जाड़ा, गर्मी, बरसात की परवाह किये बिना मालिक के शोषण को बर्दाश्त करते हुए उसे तो बस काम करना है। काम नहीं करेगा तो खाएगा क्या? कमाकर घर क्या ले जाएगा? उसी से तो उसकी इज्जत है। उसे विश्वास है अपने हाथ, पाँव और शरीर पर, जिसके सहारे चलकर वह दो समय की रोटी कमा सकता है।

लेबर मंडी में जब भी कोई व्यक्ति स्कूटर या मोटर सायकिल से किसी मजदूर को लेने आता है तो सभी मजदूरों को यही लगता है कि शायद यह मुझे ही लेने आया है। सभी मजदूरों की अपनी अलग-अलग कहानी है। जीवन के थपेड़ों और सच्चाइयों को झेलते हुए सबका अलग-अलग संघर्ष है। उन संघर्षों को झेलते हुए भी वह चुप है। उसे किसी से कुछ आशा नहीं है। उसे विश्वास है तो सिर्फ अपने श्रम पर। वह जानता है कि इन गर्मियों, ठंडक और बरसात से उसका कुछ बिगड़ने वाला नहीं है। उसे तो फुट (फुटपाथ) पर ही सोना है। यदि पानी बरसेगा तो थोड़ा हटकर इधर-उधर हो जाना है। बिना काम किये कौन देगा खाना? जीवन के थपेड़ों और पेट भरने के लिए देश के कई जगहों पर घूम-घूम कर काम करने वाले सासाराम के नाथूराम के लिये बनारस बहुत बड़ा सहारा है। बीबी मर चुकी है। दो बच्चों को ससुराल में रखकर बनारस आये नाथूराम को यह शहर अच्छा लगता है। यहाँ से गाँव भी पास है और बच्चे भी पास में हैं। कोलकाता, मुम्बई और हरियाणा में काम करके वापस आये नाथूराम कोलकाता के एक लेदर कम्पनी में लेदर मशीन चलाता था। पैसा भी ठीक से मिलता था। जब स्थायी करने का समय आया तो मैनेजर ने अपने लोगों को स्थायी कर दिया। इस बात से नाराज नाथूराम को काम छोड़ना पड़ा। बाध्य होकर नाथूराम मुम्बई चला आया। मुम्बई में भी नाथूराम लेदर मशीन चलाता था। मुम्बई दूर होने के कारण दिल्ली में पाँच वर्षों तक पेंट का काम करने के बाद बीबी की मृत्यु हो जाने के कारण वापस घर आने के बाद पिछले चार वर्षों से नाथूराम बनारस के बुलानाला लेबर मंडी में रोज आकर काम ढूँढ़ता है। कक्षा तीन तक पढ़े नाथूराम को अखबार पढ़ने की आदत है। जिस दिन काम नहीं

मिलता उस दिन नाथूराम रैदास की किताब पाँच घंटे पढ़ता है। नाथूराम का निवास स्थान यहाँ का खिड़किया घाट है। भभुआ के चैनपुर से आया शिवपूजन रैदास जाति का है। रोड पर सोता है और पखाना पाँच रुपया देकर सुलभ शौचालय में जाता है। कक्षा दस तक शिक्षा प्राप्त शिवपूजन पिछले दस वर्षों से फुटपाथ पर सोता रहा है। दिन में काम मिला तो ठीक है, नहीं तो इस शहर में रात में मैदागिन पर लगने वाली लेबर मंडी में काम ढूँढ़ने का प्रयास करता है। रात में कभी वह टहलता रहता है, तो कभी लेटे-लेटे काम पाने का प्रयास करता है। कोई ट्रक आने पर उठकर बैठ जाता है। शिवपूजन को दुख इस बात का है कि यदि बिहार में कम्पनियाँ खुलतीं तो इस लेबर चौराहे पर इतनी भीड़ नहीं होती।

भूगोल से एम.ए. पास और बी.एड. कर रहे एक लेबर, उम्र 25 वर्ष ने बताया कि ह्रासमेंटी (शोषण) बहुत ज्यादा है। कम्प्यूटर पर टैली का कोर्स कर चुके इस लेबर ने अपना नाम नहीं बताते हुए कहा कि "अब शादी हो चुकी है, बिना कमाये कुछ होने वाला नहीं है।" एक दोस्त के साथ यहाँ आकर कुछ समझ में नहीं आने पर लेबर का काम करने लगे। खिड़किया घाट पर जिस महिला के पास झोले में अपनी थाली, गिलास और चादर रखा था, वह झोला किसी ने चुरा लिया। इसलिए अब वह खाना खाने का कम छोटे-मोटे होटल में करता है। इस लेबर के मन में बहुत सारे प्रश्न हैं, पर उसका जबाब उसके पास नहीं है। एक ओर वह अपनी शिक्षा के बारे सोचता है तो दूसरी ओर चार-चार मंजिल ईंटा ढोते हुए उसे अपने शोषण का ख्याल आने लगता है। एक ऐसा कच्चा घाट जहाँ दो-तीन सौ लोग सोते हों, और पास में कुछ भी न हो वहाँ मजदूर के लिये परिवार और पेट बहुत महत्त्वपूर्ण हो जाता है।

बड़ी बाजार के लेबर मंडी में अपने लिए काम ढूँढ़ने वाले भईया लाल मंडी के अत्याचार से बहुत दुखी है। अमरपुर, मड़िया में किराये का घर लेकर रहने वाला भईया लाल पिछले छह वर्षों से बड़ी बाजार में काम ढूँढ़ने आ रहा है। कक्षा आठ तक पढ़ा भईयालाल के पिता कपड़ा धोने का काम करते हैं। सरकार उसका भी तीन सौ रुपया लेती है। भईयालाल को दुख है कि बड़ी बाजार की मंडी में वहाँ का सरदार कुछ मजदूरों को मारता है। वह इन मजदूरों से कहता है कि दो सौ रुपये में काम करो नहीं तो मारकर भगा देंगे। भईयालाल का कहना है कि मजदूरों पर जुल्म बहुत ज्यादा है। कोई ऐसा उपाय होना चाहिए कि मजदूरों को उनको पूरा हक मिल जाए। मजदूर अपने हालात से दुखी हैं।

रामनगर के कटेसर गाँव से आये अनिल ने कहा कि पेट खाली रहता है तो दिमाग अपने आप चलने लगता है। चार साल तक ऑटो चलाने के बाद बुलानाला मंडी में मजदूरी पाने के लिए आये अनिल को अब ऑटो चलाने में डर लगता है।

एक बार आटो पलट जाने से उसके दोनों पैरों मे चोट लग गयी थी।

इस बात से बहुत सारे मजदूर नाराज हैं कि बिहारियों (बिहार से आये मजदूरों) ने सारा रेट खराब कर दिया है। पाटा, हथौड़ी, पलटा, छेनी, करनी (महिलाएँ पीठा लेकर) आदि प्लास्टिक के झोले में कंधे पर लेकर लोग लेबर चौराहे पर खड़े हैं। बातचीत में एक लेबर ने कहा कि ''यहाँ मंडी में पटने का सौदा होता है। दस रुपया गरम या दस रुपया नरम।''

सरैंया निवासी मुहम्मद नसीम अंसारी लेबरई करने बुलानाला आते हैं। लेबरमंडी के मजदूर इस बात से दुखी रहते हैं कि जिनके यहाँ मजदूर लोग काम करते हैं, वे प्राय: काम करवा कर पैसा नहीं देते हैं, या पैसा न देना पड़े इसके लिए कुचक्र करते रहते है। मारने के लिए कभी फरसा उठा लेते हैं, तो कभी झोटा (बाल) नोच-नोच कर मारते हैं। मुहम्मद नसीम अंसारी का कहना है कि ''कई जगहों पर पैसा मार लिये। मन होता है कि अद्धा से मार दें। लेकिन यही के बाशिन्दा हैं। पेट कैसे चलेगा? यह एक ऐसी दुनिया है, जहाँ छीनकर लेना पड़ता है। सुबह से काम करने के बाद शाम को पैसा लेना (मालिक, जिसके यहाँ काम किया है), बहुत मुश्किल होता है। शाम को पाँच बजते ही मालिक गायब हो जाता है। यदि आ भी गया तो यह कहता है कि पैसा कल ले लेना। कल आने पर वह मिलता ही नहीं है। इसी तरह कई दिन चलता रहता है। कई बार थक हार कर तगादा बन्द करना पड़ता है। यदि लड़ाई कर भी लें तो आखिर जाएँगे कहाँ?

गुरुधाम मंडी के एक मजदूर ने कहा कि ''सबसे मजबूर व्यक्ति मजदूर है। दुनिया का निर्माण करने वाला ही आज चौराहे पर खड़ा है। यदि सौदा पट गया तो ठीक है नहीं तो उसे काम के लिये भटकना पड़ता है।

आज सम्पूर्ण समाज को अपनी मानसिकता में बदलाव लाने की जरूरत है। भूख और गरीबी का मुद्दा ऐसा है, जिससे गरीब आदमी सबसे ज्यादा जूझता है। भर पेट खाना तो शायद ही वह खा पाता है। वह शहर में कमाने आया है। यदि सारा पैसा मजदूर खर्च कर देगा तो माता-पिता, बच्चों के लिये क्या बचेगा? फिर किसी को बच्चों की फीस देनी है तो किसी को अपनी बहन की शादी करनी है। यदि लेबर चौराहे के मजदूर को काम नहीं मिलेगा तो वह अपनी जिम्मेवारियों को पूरा कैसे करेगा? लेबर मंडी के मजदूरों के प्रति सभी को अपनी सोच बदलनी होगी। चाहे वह सरकार हो, पुलिस हो, परिवार हो, समाज हो या जिन मालिकों के यहाँ काम कर रहा हो, वे लोग हों। शहर के निर्माण में इन मजदूरों का बहुत बड़ा हाथ होता है। अत: उनके प्रति अच्छी भावना का होना जरूरी है। मजदूर चाहे स्थानीय हों या बाहर से कमाने के लिये आया हो। लेबर मंडी में कुछ भी स्थायी नहीं है। लोग आते-जाते रहते हैं। भभुआ से आये शम्भूनाथ ने कहा कि ''यहाँ जेल के हिसाब

जैसा है'' लोग आते जाते रहते हैं। बनारस शहर के बजरडीहा मुहल्ले के रहने वाले गुलजार अंसारी की उम्र इक्कीस वर्ष है। कई पीढ़ियों से गुलजार के यहाँ हथकरघे पर बनारसी साड़ी की बुनाई होती थी। गुलजार का कहना है कि 'आज हथकरघे विरान पड़े हैं।'' बजरडीहा में लेबर मंडी है, लेकिन वह गुरुधाम के लेबरमंडी में आकर काम ढूँढ़ रहा है। मुहल्ले में काम करने पर इज्जत जाने का डर उसे सताता रहता है।

लेबर मंडी के मजदूरों के दुख और दर्द दोनों को समझने की जरूरत है। चाहे सरकार हो या काम करवाने लोग, काम करवाने के साथ-साथ उनके प्रति संवेदनशीलता बनाये रखना जरूरी है। एक ओर उन्हें अपनी इज्जत महत्त्वपूर्ण लगती है, तो दूसरी ओर काम भी करना होता है। मंडी में एक डंडे की तरह खड़ा होकर वह काम का इन्तजार करता है। जहाँ उसका न तो कोई मित्र होता है, और न ही कोई दुश्मन होता है। वह किसी को अपना मित्र बनाना चाहता भी नहीं है। बाहर से आने के कारण उसके मन में एक डर लगातार बना रहता है कि कहीं किसी झंझट में वह न फँस जाए। उसकी सम्पूर्ण मानसिकता को समझते हुए उसे सहारे की जरूरत होती है।

सबसे दुखद स्थिति यह है कि वह बुनकर जो बनारसी साड़ियों को बुनता था, आज उसके हथकरघे सूने पड़े हैं। बाजार में माल के नहीं बिकने से उनके घरों में भूखमरी की स्थिति आ गयी है। जिस बनारसी साड़ी पर पूरे राष्ट्र को गर्व है उसका कलाकार लेबर चौराहे पर खड़ा होकर काम माँग रहा है। जिन परिवारों की रोजी-रोटी दस्तकारी के काम से जुड़ी रहती हो, और उनकी न जाने कितनी पीढ़ियाँ करघे चलाकर अपना और अपने परिवारों का भरण-पोषण कर रही हों, उन परिवारों के मुखिया न जाने कहाँ-कहाँ जाकर रिक्शा और ट्राली खींच रहे हैं। जब वे रिक्शा नहीं चलाते तो लेबर मंडी में खड़े होकर मजदूरी पाने का प्रयास करते हैं। ऐसे महान दस्तकार जब काम के लिए इधर-उधर भटक रहे हों तो उनकी सुध कौन लेगा? पीलीकोठी, सरैंया और बड़ी बाजार की मंडी तो ऐसे लोगों से भरी पड़ी है। जब ऐसे लोग काम के लिये जाएँ तो उनके साथ सम्मानजनक व्यवहार जरूरी है। लेबर चौराहे के मजदूरों से काम करवा कर पैसा न देने वालों के विरुद्ध सख्त कार्यवाही की जानी चाहिए। जो लोग पैसा देने के समय मजदूरों को गालियाँ देते हैं, बन्दूक तान देते हैं, थप्पड़ और मुक्का से मारने को कहते हैं, उन लोगों के विरुद्ध कानूनी कार्यवाही अति आवश्यक है। श्रम अधिकारी को स्वयं लेबर चौराहे पर जाकर उनकी समस्याओं का समाधान करने की जरूरत है। यह एक सच्चाई है कि न जाने कितने करोड़ लोग सड़कों पर सोते हैं और उनकी वास्तविक संख्या का पता किसी को नहीं है।

''स्मार्ट सिटी'' की बात करना आसान है, लेकिन 'मजदूर घर' की बात

आखिर कौन करेगा? यदि 'मजदूर घर' बन जाए तो मजदूर कम से कम सुरक्षित और सम्मानजनक तरीके से रह तो सकता है। लेबर चौराहे के मजदूरों के प्रति सम्पूर्ण समाज को अपनी सोच बदलनी होगी। यह सोचना होगा कि वे समाज के लिए बोझ हैं, गलत है। मजदूरों के लिये बहुत ही रियायती दर पर मेस, शौचालय और स्वच्छ पेयजल की व्यवस्था की जा सकती है। जिन घाटों पर मजदूर सोते हैं, वहाँ के अराजक तत्वों से लेबर चौराहे के मजदूरों की रक्षा करनी चाहिए। वे मजदूरों से जोर-जर्बदस्ती करते हैं, उनसे गाँजा माँगते हैं, चीलम माँगते है, शराब माँगते है, यहाँ तक कि उनका खाना तक छीनकर खा जाते हैं। (ऐसा मजदूरों ने स्वयं कहा)

लिट्टी और दो मर्चा (बाटी और दो हरी मिर्च) खाकर हमारा मजदूर कितना पोषक तत्त्व प्राप्त होगा? इस भोजन को खाने के बाद उसे कई घंटे तक कड़ी मेहनत करनी होती है। इतनी मेहनत के बाद यदि शाम को उसे मजदूरी नहीं मिले तो उसके मन के गुस्से को समझना होगा। इसी मजदूरी के सहारे उसे अपने पूरे परिवार का खर्च चलाना होता है। यदि किसी कारण से वह अपना काम न कर पाये तो उसके बच्चों को भी अपना काम छोड़कर इसी पेशे में आना पड़ता है।

लेबर मंडी में काम पाने के लिये मजदूर लम्बी दूरी तक सायकिल चलाकर मंडी तक पहुँचता है। कई मजदूर पच्चीस से लेकर पैंतीस किमी. तक सायकिल चलाकर मंडी तक पहुँचते हैं। यदि मंडी में मजदूरों को काम नहीं मिलता तो उसे उतने ही किमी. तक सायकिल चलाकर वापस जाना होता है। यदि मजदूर को काम मिल भी जाए तो उसके द्वारा की जाने वाली मेहनत को समझना होगा। यह एक सोचने का विषय है कि कड़ी मेहनत के बाद भी उसे काम करने के बाद पैसा न मिले तो उस पर क्या गुजरती होगी?

बनारस शहर में जितनी भी लेबर मंडी है, उन सभी में ठेकेदार और बिचौलिए मौजूद हैं। ठेकेदार मजदूरों को पूरे पैसों पर काम तय करते हैं, लेकिन उसमें से पैसे काट लेते हैं। कहीं-कहीं तो स्थितियाँ इतनी खराब हैं कि तीस दिन का काम करवा कर ठेकेदार दस दिन का ही पैसा देता है। खुलेआम गालियाँ देता है। मारने के लिए कहता है। लोगों को अपना स्वार्थ छोड़कर यह देखना चाहिए कि ठेकेदार इन मजदूरों के प्रति अमानवीय व्यवहार क्यों करता है? उन्हें गालियाँ क्यों देता है? थप्पड़, मुक्का क्यों तानता है?

जो मजदूर एक गमछा के सहारे किसी शहर में आया हो, वह भीषण गर्मियों में घाट पर पत्थर की सीढ़ियों पर कैसे सोता होगा? मजदूरों ने स्वयं कहा कि गर्मियों में इन सीढ़ियों पर सोना बहुत कठिन होता है। वे पूरी रात करवटें बदलते रहते हैं। उनके जीवन की दुखद स्थिति से मुँह नहीं मोड़ा जा सकता है। ऐसी स्थितियों में मजदूरों के लिये 'मजदूर घर' बनाना और भी जरूरी हो जाता है।

जिसमें रहकर गर्मी, जाड़े और बरसात से मजदूर कम से कम अपनी रक्षा कर सकता है। मजदूर घर जहाँ बैठकर मजदूर चैन से साँस ले सकता है। स्मार्ट सिटी बनाने के लिये तो बड़े-बड़े उद्योगपति सहयोग कर देंगे, लेकिन 'मजदूर घर' बनाने के लिये समाज के एक-एक व्यक्ति को जुटना होगा।

सड़कों पर, पटरियों पर, घाटों पर सोने वाले लोगों से अराजक तत्व उनके शरीर से पैसा निकाल लेते हैं। कितनी मुश्किलों की कमाई एक झटके में चली जाती है। गरीबों के लिये एक अलग तरह का बैंक खोलकर उनकी सहायता की जा सकती है। मजदूरों और गरीबों की समस्याओं से मुँह मोड़ना राष्ट्र की प्रगति मे बाधक हो सकता है।

उपरोक्त बातों पर प्रकाश डालते हुए लेबर चौराहे पर काम की खोज में आए मजदूरों के जीवन के विभिन्न पहलुओं को दर्शाने का प्रयास प्रस्तुत पुस्तक में किया गया है। भेड़-बकरी की तरह मनुष्य का अपने श्रम को बेचने के लिए चौराहे पर आना गम्भीर मानवीय त्रासदी है। विकल्पहीनता की स्थिति में मानव आज कुछ भी करने को तैयार है। जब मजदूर के पास कुछ नहीं है तो वह यह सोचकर चौराहे पर खड़ा है कि यह शरीर है, शायद यही बिक जाए।?

प्रस्तुत पुस्तक के अलग-अलग अध्यायों में लेबर चौराहे के लेबर के सम्पूर्ण जीवन पर प्रकाश डालने का प्रयास किया गया है। आज यह महत्त्वपूर्ण है कि लेबर चौराहे पर कौन है? यह कैसा विकास है कि लेबर चौराहे पर भीड़ लगातार बढ़ती जा रही है? विकास की इस प्रक्रिया में बुनकरों का लेबर चौराहे पर आना कहाँ तक उचित है। इतिहास में जिन बुनकरों का नाम दर्ज है, जिनकी प्रसिद्धि सम्पूर्ण विश्व में दर्ज है, वे बुनकर आज कहाँ से कहाँ पहुँच चुके हैं? कितना अच्छा होता कि उनकी कला को, उनके कार्य को परिष्कृत करके, सस्ते ताने-बाने देकर उन्हें लेबर चौराहे पर आने से रोका जाता। आज विकास की पूरी प्रक्रिया को समझने की जरूरत है। एक ऐसा विकास जहाँ बड़ी-बड़ी इमारतें खड़ी हो रही हैं, और नये लेबर चौराहे बनने के साथ ही लोगों का नारकीय जीवन भी शुरु हो जाता है। मजदूर का जीवन बहुत ही अस्थिर होता है। उसके जीवन और मृत्यु के बीच एक छोटे क्षण का अन्तर होता है। उसे स्वयं भी नहीं मालूम कि अगले क्षण वह जिन्दा भी रहेगा या नहीं? बाँस पर चलते-चलते कहीं उसके हाथ-पाँव तो नहीं टूट जाएँगे? जहाँ आम इनसान जाने से भी डरता हो वहाँ लेबर रात्रि में सोता है। यह स्थान श्मशान से लेकर कब्रिस्तान तक होता है। गर्मी के दिनों में जब वह गंगा घाट की सीढ़ियों पर पानी से ठंडा करके सोने का स्थान बनाता है तो घूमन्तू कुत्ते उसके आस-पास डेरा डाल लेते हैं। घाट पर सोने वाले मजदूरों ने अपने दुख-दर्द को आँखों में आँसू भरते हुए स्वयं व्यक्त किया। आखिर दूर-दराज से आये हुए मजदूरों के रहने का स्थान आखिर कहाँ

हो? कबाड़, टूटे हुए बसों तथा नावों में रहकर अपना दिन और रात किसी तरह काटने वाले व्यक्तियों की व्यथा को अध्याय 'लेबर और उसका आवास' में लिखा गया है।

चौराहे का मजदूर जिन कठिन और अस्वास्थ्यकर परिस्थितियों में काम करता है, उस ओर काम कराने वालों तथा वैज्ञानिकों दोनों को सोचना होगा। कई बार उसकी त्वचा गलने लगती है। आँख, साँस तथा हड्डियों की बीमारियों को झेलता हुआ अपने अस्तित्व को बचाये रखते हुए वह जिन्दा रहने को बाध्य है।

समाज के भेदभाव को झेलता हुआ जीवन की कौशलीय शिक्षा और किताबी शिक्षा से वंचित अधिकांश मजदूरों के लिए दो समय की रोटी ही महत्त्वपूर्ण है। यद्यपि कई उच्च शिक्षा प्राप्त मजदूर भी चौराहे पर मिले, लेकिन जीवन के थपेड़ों को सहते हुए और नौकरी न मिल पाने के कारण आज वे भी चौराहे पर खड़े होकर मजदूरी पाने के लिए संघर्ष कर रहे हैं। 'चौराहे का लेबर और उसकी शिक्षा' अध्याय में इन बातों पर प्रकाश डाला गया है।

फुट (फुटपाथ) पर रहने वाले मजदूरों के लिये स्वच्छ शौचालय और स्वच्छ पेयजल एक सपने जैसा है। उसे तो जहाँ कही भी पानी मिलता है, वह पी लेता है। उसके पास न तो समय होता है और न ही यह सोचने की फुर्सत होती है कि उसे कैसा पानी दिया जा रहा है? उसे अपनी प्यास बुझाने के लिए बस पानी की जरूरत पूरी करनी होती है। यही स्थिति शौचालय की भी है। वह सोता कहीं है, काम करने कहीं दूसरी जगह जाता है, तथा शौचालय जाने के लिए कहीं और स्थान ढूँढ़ना होता है। स्नान तो वह गंगाजी में कर लेता है। भले ही इन बातों पर ध्यान न दिया जाए, लेकिन मजदूरों के जीवन से जुड़ी ये बातें उनके स्वास्थ्य को सबसे ज्यादा प्रभावित करती है। "चौराहे के लेबर के लिए शौचालय और स्वच्छ पेयजल" अध्याय में उनके जीवन के इस महत्त्वपूर्ण पहलू पर रोशनी डाली गयी है।

घरों में काम करने आये मजदूरों के प्रति समाज को अपनी मानसिकता में बदलाव लाना होगा। यह सोचना कि पूरे आठ घंटे मजदूर काम करे ही, रुके नहीं चाहे उसके पैर कितना भी लड़खड़ाए समाज की निम्न मानसिकता की सूचक है। मजदूर भी इनसान है, इस सोच के साथ उनके साथ व्यवहार किया जाना चाहिए।

अध्याय : दो

लेबर चौराहा : एक दृष्टि

बनारस शहर के चौराहे पर खड़े हर लेबर की अपनी कहानी है। लेबर जो काम की तलाश में गाँवों से शहर की ओर आया है और लेबर का काम करता है। आज यह एक सच्चाई है कि इनसान काम करने को तैयार है और उसे काम नहीं मिल रहा है। उसके हाथों के कामों को मशीनों ने छीन लिया है। विकल्प के अभाव में वह चौराहे पर खड़े होकर काम माँग रहा है। जैसे-बुनकर। हथकरघे चलने बन्द हो रहे हैं। ताना-बाना महँगा हो जाने के कारण हथकरघे पर तैयार माल बाजार में संघर्ष नहीं कर पा रहे हैं। ''पचास-साठ रुपये की कमाई से आखिर क्या होगा।'' चौराहे पर खड़ा लेबर अपने आप से ही नहीं, पूरे समाज से बहुत सारे प्रश्न पूछ रहा है। वह हाथ फैलाये काम माँग रहा है। सुबह घर से/डेरे से भागा-भागा आया व्यक्ति झुंड का झुंड चौराहे पर काम की आस लिये खड़ा है। शायद आज उसे कुछ काम अवश्य मिलेगा? कोई घर से भूखा ही चला है, तो कोई बाजार में बिकने वाली दो कचौड़ी, सब्जी खाकर कड़कड़ाती सर्दी में, बरसात में, भयानक लू में चौराहे पर हाथ पसारे भूखी आँखों से देखता हुआ खड़ा है। कोई बिनकारी (बुनकरी) के काम से इस चौराहे पर ढकेला गया है तो कोई सिलाई, सोने का काम, लोहार का काम आदि कामों में मन्दी आने या मशीनों द्वारा किये जाने से इस पेशे में आया है। कुछ खेतिहर मजदूर खेती में मशीनों की घुसपैठ के कारण इस गारा-मिट्टी के काम में आये हैं। सिलाई करने वाले व्यक्ति की आँखों ने जब जवाब दे दिया तो कहाँ जाएँ? चौराहे पर खड़े होकर कुछ न कुछ कमा लेने की आस लिये बनारस के दुल्हीपुर निवासी शफीउर्ररहमान के लिए पीलीकोठी थाने के बगल में लेबर मंडी तो मानो जीवन का बहुत बड़ा सहारा है। चौराहे पर खड़ा शफीउर्रहमान बीनकारी (बुनकरी) के पेशे से इस काम में ढकेला गया है। एक दस्तकार जो करघे पर बुनाई का काम करता था, वह कुशल कारीगर था। उसके काम की जड़ें उसके खून तक पहुँच चुकी थीं। उसका दुर्भाग्य ऐसा आया कि वह गारा-मिट्टी करने को मजबूर है। गड्ढ़ों की खोदाई कर रहा है। पहले रात में ट्रक से माल उतारने का काम करता था। चार डिग्री तापमान

और खरमास के दिनों में काम मिलने की आस लिये शफीउर्रहमान सुबह से शाम तक चौराहे पर खड़ा रहता है कि शायद आज कुछ काम मिल जाएगा? उसके मन में सन्देह रहता है कि यदि काम नहीं मिल तो आखिर घर वापस जाकर क्या होगा? वह दुःखी है कि अब तो कर्ज ही लेकर गृहस्थी की गाड़ी चलानी है। शफीउर्रहमान के शब्दों में "जब काम नहीं मिलता तो लगता है कि कुछ हेरा (खो) गया है। दिमाग में उलझन रहती है। कभी लगता है कि आत्महत्या कर लें।" यह बुनकर के जीवन की विडम्बना है कि करघे के साथ उसके जीवन का झीनापन विलुप्त हो गया है। कलाकार/दस्तकार से वह मजदूर बन मंडी का हिस्सा हो गया है, जहाँ संशय के बीच उसके जीवन की शुरुआत होती है और खाली हाथ अन्त। काम पाने के लिए हर तरह का पापड़ बेलने के लिए लेबर तैयार है। दिल्ली, कोलकाता, गोवा, मुम्बई, सूरत, विशाखापत्तनम आदि न जाने कितने शहरों का चक्कर लगाने के बाद भी लेबर चौराहे पर ही हाथ फैलाये हुए काम माँग रहा है। कोई खाली पेट तो कोई लिट्टी, मरचा (हरी मिर्च) और नमक खाकर चौराहे पर भूखी आँखों से देख रहा है कि शायद कोई तो अपने साथ काम के लिए ले चलेगा। काम तो उसे लेबरई (मजदूरी) का ही करना है, पर इस अकुशल काम के लिए भी मारा-मारी है। लेबरई (मजदूरी) का काम न मिले तो भी वह कोई भी काम करने के लिए तैयार है। चाहे वह मुर्दा उठाने का ही काम क्यों न हो? पुन्य सहित इस काम से कम से कम एक दिन की रोजी-रोटी तो चल ही जाएगी। काम के अभाव में यह उसका 'सेल्फ डिफेंस' है जिसे चेहरे के भाव से पढ़ा जा सकता है। बनारस जैसे शहर में मरघट का धन्धा भी विस्तृत पैमाने पर है।

यहाँ पर चौराहों पर लगने वाली लेबर मंडियों की अपनी अलग-अलग विशेषताएँ हैं। कहीं बिहार के भभुआ, आरा तो कहीं मोहनियाँ से आये लेबर का आधिपत्य है, तो कहीं पड़ाव, दुल्हीपुर तथा पुरानापुल से आये श्रमिकों का। हर ठीहा (चौराहे) की अपनी-अपनी विशेषताएँ हैं। कोई ग्रामीण इलाके से आया है तो कोई शहरी मुहल्लों से।

जीवन के हर थपेड़ों को सहता हुआ वह चुप है। वह स्वीकारता है कि संघर्ष उसे खुद ही करना है। चाहे वह फुटपाथ पर सोने की बात हो या शौचालय और पानी की मूलभूत जरूरत हो। इस संघर्ष में कभी वह हारता है तो कभी जीतता है। अनियोजित योजनाओं के कारण भूखे पेट चौराहे पर खड़े लेबर के मन में बहुत सारे प्रश्न हैं। लड़कईये (बचपन) से लेबरई (मजदूरी) के काम में लगे अरविन्द के पास कुछ सोचने का कभी समय ही नहीं रहा। दस वर्ष का था तो पिता गुजर गये। पढ़ाई कभी हो नहीं पायी। पेट भरने के लिए चौराहे पर खड़े होना पड़ा। लड़कईये से ही परिवार की पूरी जिम्मेवारी आ गयी। पहले गाँव में ठाकुर के घर पर नौकर का

काम किया करता था, तब हफ्ते में चालीस–पचास रुपया मिल जाता था। इससे घर का खर्च चलाना मुश्किल था। स्कूल का मुँह कभी देखा नहीं, क्योंकि पेट की आग बुझाना पहले जरूरी है, न कि शिक्षा। किसी तरह का प्रशिक्षण नहीं होने के कारण अच्छा काम मिलने का प्रश्न ही नहीं उठता है। हार–मानकर लेबर मंडी में आना पड़ता है। लेबर मंडी ही काम पाने का बहुत बड़ा सहारा है। यदि ये मजदूर लेबर मंडी से अलग होकर काम की तलाश करना भी चाहे तो नहीं कर सकते। इन पर किसी को विश्वास नहीं होगा। यह काम की विडम्बना ही है कि लेबर जिस जगह या जिस भी काम को करने जाता है, उस काम के विषय में (लेबर) से कोई सवाल नहीं पूछता। वह तो बस अपने छेनी हथौड़ी, फरसा, जैसे जरूरी औजार के साथ चल देता है। अपने कमाई के लक्ष्य की ओर। जो लोग मजदूरों को काम देते हैं वे प्रश्नों की झड़ी के साथ सवालों के सन्देह में उन्हें हमेशा बाँधे रखते है।

पीली कोठी लेबर चौराहे पर खड़े मुहम्मद सलीम ने लेबरई को परिभाषित करते हुए कहा कि ''इसे बेगारी भी कहते है।'' दिन भर काम कराने के बाद यदि काम कराने वाले को काम पसन्द न आये और लेबर को मजदूरी न मिले तो इसे क्या कहा जाएगा? इसे बेगारी ही तो कहा जाएगा।

चेतगंज की लेबर मंडी में काम पाने के लिए खड़े अन्तू प्रसाद की उम्र ज्यादा नहीं है। अन्त प्रसाद बबुरी, चन्दौली का रहने वाला है। गाँव में जातीय भेदभाव होने के कारण अन्तू शहर में चला आया। अन्तु बहुत खुश है कि लेबर मंडी में जातीय भेदभाव नहीं है। बनारस उसके लिए सबसे नजदीक है। अन्तु इण्टर पास है। उसका कहना है कि 'गाँव में इज्जत नहीं है लोग कहते हैं कि नीच जाति का है।' बनारस शहर में अन्तु चौकाघाट पर महादेव मन्दिर में सोता है। अन्तु ने बताया कि महोदव मन्दिर की देखभाल मुरारी नाम का व्यक्ति करता है। मन्दिर पर रात्रि में सौ से डेढ़ सौ व्यक्ति सोते है। प्रतिव्यक्ति पाँच रुपया सोने के लिए देना पड़ता है। अन्तु ने बताया कि अब मुरारी दस रुपया माँग रहा है। उसका (मुरारी) कहना है कि महँगाई बढ़ गयी है, इसलिए सभी को दस रुपया देना पड़ेगा। अन्तु ने कहा कि 'पिता जी कपड़ा धोने का काम करते थे, जिसे हम भाइयों ने बन्द करवा दिया।' अन्तु जब सातवीं कक्षा में पढ़ता था, तब से चेतगंज की लेबर मंडी में आ रहा है। उसे लगता है कि बनारस शहर में लगने वाली लेबर मंडी में सबसे वी.आई.पी. लेबर मंडी चेतगंज की ही है। आज उसने इस उम्र में ही जाति सहित आर्थिक उतार–चढ़ाव के कई पड़ाव देख लिये हैं। किस तरह मन्दिर पर सोने के लिए भी जबरन वसूली की जाती है, यह वह समझ चुका है। लेबर मंडी में ऐसे बहुत से लोग हैं जिनकी मूँछ की रेख (रेखा) नहीं आयी थी, तब से वे इस मंडी में आ रहे है। ऐसा मजदूरों ने स्वयं बताया।

कैसा होता होगा वह मन/दृश्य जहाँ मानव घर से पाँच-छः किलोमीटर पैदल चलकर बहुत सुबह से ही काम की तलाश में चौराहे पर खड़ा है कि शायद आज उसे काम अवश्य मिल जाएगा, लेकिन दुर्भाग्य से उसे कई-कई दिनों तक काम नहीं मिलता है। रातें करवटें बदलते बीत जाती है, कि कल सुबह न जाने क्या होगा? इस तरह कई रातें बीतती जाती है और फिर सुबह हो जाती है। कई बार ऐसा होता है कि दिन में नमक रोटी किसी तरह मिल जाता है, लेकिन रात में भूखा ही सोना पड़ता है। कई लेबर तो चौराहे पर ऐसे हैं, जिन्हें पेटभर खाना खाये कई-कई दिन बीत जाता है। शिक्षा से दूर, तन पर पूरे कपड़ों का अभाव, शौचालय, पानी और बिजली की सुविधा से वंचित, किसी भी तरह का काम करने के लिए तैयार बैठे लेबर के लिए चुनौती है तो बस काम मिलने की। उसे किसी भी तरह का काम करने से कोई परहेज नहीं है। चाहे मिस्त्री को गारा-मिट्टी देने का काम हो, चाहे सीमेंट बालू का मसाला तैयार करने का काम हो, चाहे ईंट ढोने का काम हो या गड्ढा खोदने का काम हो, उसे इस तरह के काम करने से कोई परहेज नहीं हैं काम नहीं मिले तो वह मुर्दा ढोने से लेकर कब्र खोदने तक का काम करता है। मंडी में माल उतारने से लेकर, हलवाई के साथ सहयोगी का कार्य करने वाले लेबर को आज का नकद पैसा मिल जाने से घर सीना चौड़ा करके जाने से उसे बहुत खुशी होती है और बीबी से ताना भी नहीं सुनना पड़ता है।

सरैंया लेबर मंडी में काम पाने के लिए खड़े अनीतुर्रहमान का अमरपुर मड़िया में अपना घर है। बिनकारी का काम बन्द हो जाने से पाँच वर्षों से लेबरई का काम कर रहे हैं। बीवी और बच्चे साड़ी में नग लगाने का काम करते हैं। बच्चे स्कूल पढ़ने नहीं जाते हैं, बल्कि 50 रु. महीने पर ट्यूशन पढ़ने जाते हैं। कई दिनों से काम नहीं मिलने से अनीतुर्रहमान ने कहा "जब काम नहीं मिलता तो घर जाकर बैठे रहते हैं, सुत्ते रहते है, एक किनारे पड़े रहते हैं।" बीवी भी कहती है—"क्या तुम्हें ही काम नहीं मिला।" "अनीतुर्रहमान ने दुखी मन से कहा 'सोचते हैं कि कोई काम मिल जाय। अब तो कब्र खोदने काम भी कर लेते हैं। बच्चों का कब्र खोदने पर 300 रु. मिल जाता है। बड़ों का कब्र कभी खोदा नहीं। दिमाग में लगातार टेंशन रहता है। बिनकारी में भी साड़ी सही से उतरे तभी पैसा सही मिलता है। आये दिन मालिक पैसा काट लेता है।' यह बहुत बड़ा प्रश्न है कि वाकई माल खराब होता है कि मजदूरी पूरी नहीं देनी पड़े, इसलिए मालिक माल में कमीं दिखाकर मजदूरी काट लेता है।

सरैंया लेबर मंडी में काम की खोज के लिए आए नन्हू के लिए लेबरई का काम रोजी-रोटी चलाने का बहुत बड़ा साधन है। नन्हू का शंकरपुर में अपना घर है। नन्हू पहले हथकरघा चलाने का काम करता था। धीरे-धीरे आँखों से कम दिखाई

पड़ने से नन्हू को सरैयां लेबर मंडी में आना पड़ा। नन्हू ने कहा—"जिस दिन काम नहीं मिलता मेहरारु और लड़के लड़ाई करते हैं, ताना देते हैं कि तुम्हें ही काम नहीं मिला। उसकी निगाह में हम जांगरचोर हैं। यह सच है कि हम गरीबों की मरन है। घर में रोज किचकिच होता है।" बचपन से ही बुनकरी का काम करने वाला बाबू मंसूरी सरैंया का ही रहने वाला है। सात सौ रुपये महीने पर मड़िया (कच्चा घर) लेकर रहने वाले बाबू ने कहा कि बनारसी साड़ी बुनने का काम करते थे। हफ्ते में 300 रुपया मिल जाता था। एक तो वहाँ काम मन्दा हो गया, दूसरे मालिक कुछ भी खराबी दिखाकर पैसा काट लेता था। बाबू मन्सूरी ने कहा कि "न तो माँ ने अपनी जिम्मेवारी पूरा किया और न ही पिता ने। बाप पढ़ने भेजे ही नहीं। खूब शराब पीते हैं। दादी और चाचा ने पाला। पिता ने दूसरी शादी कर लिया तो माँ ने भी दूसरी शादी कर लिया। बेरोजगारी बहुत ज्यादा है। सब जगह आदमी मंडी से वापस चले जा रहे हैं। आज सोच रहा हूँ कि आखिर गाड़ी कैसे आगे बढ़ेगी? सरैंया मंडी के कई लोगों ने काम नहीं मिलने से आत्महत्या कर लिया।"

सरैंया लेबर चौराहे के राजू अंसारी के लिए जीवन संघर्ष के सिवाय कुछ नहीं है। 25 वर्ष की उम्र में ही जीवन के थपेड़ों को झेलते हुए राजू को आज समझ में नहीं आ रहा है कि आगे की गाड़ी कैसे चलेगी? राजू ने कहा, "बचपन से ही गरीबी थी। गरीबी के कारण हथकरघा में लपटना पड़ा। दस साल की उम्र से ही नरी वगैरह पहुँचाने का काम करने वाले राजू अंसारी ने छः सौ रुपये में घर किराये पर लिया है। हथरकघे से बुनकरी में इतनी कमाई नहीं होने से राजू अंसारी ने 6-7 वर्ष तक रिक्शा चलाने का काम किया। रिक्शा चलाने पर उतनी कमाई नहीं होने पर सरैंया लेबर मंडी में लेबरई का काम कर रहा है।" राजू अंसारी ने कहा है 'लगातार उलझन रहती है कि आदमी करें तो क्या करें? बीवी बात अलग सुनाती है कि मैं काम क्यों नहीं कर रहा हूँ।'

जीवन के संघर्षो को झेलते हुए लेबर मंडी में काम की तलाश में आये हर व्यक्ति के जीवन की अपनी कहानी और संघर्ष है। पारिवारिक संघर्षों के साथ-साथ काम का संघर्ष भी बहुत ज्यादा होता है। हर कोई सुबह से ही काम की तलाश में यह सोचकर आ जाता है कि गारा-मिट्टी, सीमेंट-बालू का मसाला तैयार करने के अलावा शायद कोई अन्य काम उसे आज मिल जाए। जैसे—फल आदि उतारने का काम। लेकिन काम मिलना इतना आसान नहीं होता है।

देश में असन्तुलित विकास का क्या परिणाम हो सकता है, उसे इन लेबर मंडियों में देखा जा सकता है। जीवन की मूलभूत सुविधाओं से वंचित, शिक्षा से वंचित, जिनका सम्पूर्ण बचपन गरीबी और असुरक्षा मे बीता हो, उनके संघर्षों का दस्तावेज अवश्य ही तैयार किया जाना चाहिए। हर लेबर मंडी की अपनी कहानी है।

कितने दुर्भाग्य की बात है कि जिस बनारसी साड़ी से पूरे विश्व में देश की पहचान है उस साड़ी को बुनने वाले आज चौराहे पर खड़े हैं। एक ऐसे चौराहे पर जहाँ सभी धर्म, जाति, भाषा को जानने वाले बिना किसी भेदभाव के एक साथ खड़े हैं। श्रम के चौराहे पर सर्वधर्म समभाव का अद्‌भुत समन्वय है। लेबर चौराहे पर जाति के भेदभाव बिल्कुल नहीं है। हथकरघे के काम के स्थान पर पावरलूम के आने तथा हथरकघे की बुनाई में अधिक समय के साथ बहुत कम पैसा मिलने से हजारों की संख्या में लोग सरैंया, रामनगर, बुलानाला, बड़ी बाजार और पीली कोठी के लेबरमंडी में आने लगे हैं। दूसरी बात यह भी है कि जिनका माल ये बुनकर तैयार करते हैं, उनकी नियत भी बहुत मायने रखती है। यदि एक बुनकर हफ्ते में चार सौ रुपये का माल तैयार करे और मालिक दो सौ रुपये यह कहकर काट ले कि साड़ी ठीक नहीं उतरी है तो उसके लिए यह क्षण दुखद और अपमानजनक होता है। यह उसके पेट पर लात मारने जैसा होता है। ऐसी ही समस्या लखनऊ में चिकन की कढ़ाई का काम करने वाली महिलाओं के साथ भी है। बिचौलिये महिलाओं का तरह-तरह से शोषण करते हैं और काम में कमी बताकर उनका पैसा काट लेते हैं। आज दस्तकार चौराहे पर खड़ा है और कोई भी काम करने को तैयार है, फिर भी उसे काम नहीं मिल रहा है। यह सम्पूर्ण राष्ट्र के लिए एक चुनौती है।

गाजीपुर के दुल्लहपुर, जलालाबाद के साहबलाल का घर करकट (मिट्‌टी) का है। पीलीकोठी में एक पान वाले के यहाँ सोकर अपने जीवन की गाड़ी किसी तरह वह चला रहा है।

चन्दौली जिले के हथियाने का रहने वाला ऊदल लेबर का कोई भी काम करता है। चेतगंज की लेबर मंडी में काम के लिए खड़ा ऊदल बालू, गिट्‌टी, ईंटा ढोता है। रात के समय ऊदल मैदागिन चला जाता है और वहाँ पल्लीदारी करता है। जीवन की गाड़ी को चलाये रखने के लिए वह दुकानों के आगे बने चबूतरे पर सोकर रात गुजारता है।

बुनकरी के काम से लेबरई के काम में आये राजू को पिछले पाँच दिन से काम नहीं मिल रहा है। किसी तरह उधार लेकर अपना जीवन चलाने वाले राजू के पास मिस्त्री के साथ मसाला (सीमेंट-बालू) देने, माल चढ़ाने के अलावा दूसरा कोई काम नहीं है। दुलहीपुर से पीलीकोठी चौराहे पर आए राजू के पास यह सोचने का समय ही नहीं था कि वह कोई दूसरा काम सीख सकता, क्योंकि उसके लिए तीन बेटियों और एक बेटे की परवरिश करना पहले ज्यादा जरूरी था।

शेरु पड़ाव के नयी बस्ती में रहता है। चार हथकरघा लगाया था। काम में ऐसी मन्दी आई कि शेरु को कमाने के लिए श्रम की मंडी में खड़ा होना पड़ा। उसका कहना है कि ''लोग कभी धमका के तो कभी हड़का के काम करवाते हैं। कई बार

ऐसा होता है कि लोग काम करवा के पैसा तक नहीं देते हैं।''

लेबर अपने काम को लेकर लगातार चिन्तित रहते हैं। चौराहे पर जब बहुत ज्यादा भीड़ हो जाती है तब पुलिस/होमगार्ड उनकी साइकिल की हवा निकाल देते हैं। डंडा पीटकर पीछे ढकेलते हैं। बनारस के रामनगर चौराहे पर एक मजदूर ने कहा कि ''मजदूरों का यही हाल है, मारे जाएँगे और भगाये जाएँगे।'' श्रम के बाजार में श्रमिक की कोई कीमत नहीं है। मजदूरी के बाजार में अजब सी भीड़ है। काम हथियाने की मारामारी है। अपना क्षेत्र छोड़कर आया व्यक्ति घर गाँव के पास रहकर मजदूरी करने में हिचकता है। यह हिचक श्रम के कारण नहीं अपितु बनी-बनायी ढोयी जा रही परम्पराओं के कारण है। हर काम को छोटे-बड़े खाँचे में सँजोकर श्रम के बाजार में कटघरा खड़ा किया गया है, जिसमें हर चौराहा बँधा हुआ है।

मजदूरों के लिए क्या दिन और क्या रात, सब बराबर है। सच तो यह है कि बुनकरों के हाथ से उनका काम निकल जाने से उनके पास काम का विकल्प नहीं बचा है। आज वे कुशल कलाकार के बजाय लेबर चौराहे पर खड़े होकर मजदूरी ढूँढ़ रहे हैं। कुछ ऐसे व्यक्ति जो कई पीढ़ियों से राजमिस्त्री का काम कर रहे हैं, उन्हें दुख है कि उनकी रोजी-रोटी बुनकरों ने छीन ली है या बिहार से आये मजदूरों के कारण उन्हें काम नहीं मिल पा रहा है। उनका कहना है कि बिहार की बेरोजगारी यहाँ पलटामार जा रही है, जिससे यहाँ के मजदूरों को मुश्किलों का सामना करना पड़ रहा है।

रामनगर लेबर चौराहे पर काम के लिए आये जमाल अहमद पहले बुनकर का काम करते थे। धन्धा मन्दा होने के कारण उन्हें मजदूरी के काम में आना पड़ा। कई दिनों से काम नहीं मिलने से परेशान जमाल अहमद ने कहा कि ''घामे-घामे जलना है, और शाम को सो जाना है।'' धूप में तपने के बाद शाम को बिना कमाई के गुजारना बहुत ही व्यथित करता है। शमसुलहक रात में यह सोचकर सोते हैं कि सुबह उन्हें काम अवश्य मिल जाएगा, लेकिन काम नहीं मिलने से उन्हें निराशा होती है। बच्चों के कुछ पूछने पर उन्हें बताना पड़ता है कि काम नहीं मिला, इसलिए घर में कुछ लेकर नहीं आये हैं। नौशाद खान रोजा के समय काम नहीं मिलने से परेशान था। सुबह से लेकर शाम तक इधर-उधर भटकता रहा। कुछ समझ में नहीं आ रहा था कि परिवार की महिलाएँ शाम को अफ्तारी कैसे करेंगी? चने की घुँघनी, पकौड़ी, तो बनवानी ही पड़ेगी। यही सोचते-सोचते रामनगर से वह पैदल बनारस चला आया और रात में रिक्शा चला कर घर के लिए कुछ पैसा कमाकर वापस आ गया। विकास की यह कैसी प्रक्रिया है कि इनसान सुबह से शाम तक चौराहे पर काम के लिए भटकता है और काम नहीं मिलने पर रात्रि में स्वयं निर्णय लेकर रिक्शा चलाने का काम कर रहा है। एक साड़ी कलाकार से मजदूर और मजदूर से

रिक्शा चालक बनने की विडम्बना ही तो कही जाएगी। आखिर ऐसे प्रश्नों पर कौन विचार करेगा?

मजदूरों पर जिस तरह से अत्याचार होते हैं, उस ओर देखने की फुर्सत किसी के पास भी नहीं है। वे जहाँ भी काम करने जाते हैं, वहाँ उन्हें अपशब्द या फिर गालियाँ दी जाती हैं, ऐसी गालियाँ जिसका शब्दों में बयान मुश्किल है। मजदूर जिन स्थानों पर काम करने जाते हैं, वे कभी चोरी का इल्जाम लगा देते हैं, तो कभी हॉकी और डंडा तान देते हैं। बनारस शहर के चौराहों पर खड़े लेबर की पीड़ा है कि यहाँ किसी की भी जिन्दगी की कोई गारंटी नहीं है। इनसानी जीवन को लोग तुच्छ समझते हैं, झूठा इल्जाम लगाकर कि काम ठीक से नहीं किया है, पूरी मजदूरी नहीं देते हैं। पुलिस कभी सहयोग कर देती है तो कभी सहयोग करने से मना भी कर देती है। श्रमिक के आत्मसम्मान की किसी भी स्तर पर स्वीकारोक्ति नहीं है।

मजदूरों का कहना है कि 'गरीब आदमी कल भी मार खाता था और आज भी मार खा रहा है। जीवन के संघर्षों को झेलते हुए रोता कलपता है। मंडी में रहकर काम ढूँढ़ने का काम ऐसा है कि कभी यह हँसाता है तो कभी यह रुलाता है। मंडी में सबका अपना ओहदा है, ठेकेदार के पास पूँजी है तो उस्ताद किसी इंजीनियर से कम नहीं है, परन्तु लेबर बेचारा तो नीचे की सीढ़ी से अब तक ऊपर नहीं आ पाया है। इस बेचारगी में जीवन की विवशता है। गृहस्थ होकर भी उसकी गृहस्थी की गाड़ी बिन पहिया है। बच्चों की शिक्षा से वह बेखबर है। स्वास्थ्य पर मूकदर्शिता का परदा है। जब तक पैरुख (पौरुष) हैं, तब तक काम करते रहना है, उसने इस सत्य को स्वीकारा है। उनका मौन उसके कार्यों की स्वीकृति नहीं है, लेकिन इस मौन में मेहनतकश की एक ऐसी विवशता है जो उसे छटपटाहट देती है। अन्दर तक झकझोरती है, परन्तु उसके आत्मसम्मान को नहीं रौंद पाती। काम नहीं मिलने पर भी हाथ नहीं पसारना उसके आत्मगौरव को बयां करता है।'

ठेकेदारों द्वारा धोखा खाये मजदूरों की मन:स्थिति को समझने की जरूरत है। लेबरमंडी में आये ठेकेदार के साथ लेबर कार्य करना नहीं चाहते हैं। ठेकेदार मजदूरों को जितने पैसे पर कहकर ले जाते हैं, उतने पैसे देते नहीं है, उन पर अत्याचार करते हैं और कई बार काम करवा कर मजदूरी नहीं देते हैं, मजदूरी रोके रहते हैं और माँगने पर गालियाँ देते हैं। चोरी का इल्जाम तक लगा देते हैं। काम देरी तक कराते हैं। जो काम कहते हैं, उससे अलग काम कराते हैं।

पिछले उन्नीस वर्षों से पड़ाव (बनारस) से चेतगंज आकर लेबर का काम करने वाले पंचम के लिए लेबरई (मजदूरी) का काम ही जीवन की रोजी-रोटी चलाने का एकमात्र साधन है। पिता बैलगाड़ी हाँकते थे। उसमें दूसरों का सामान ढोते थे। आँखों में आँसू भरे कई दिनों से काम न मिलने का दर्द छिपाये पंचम ने बताया

कि पत्नी को शीतला माँ आती हैं, जिससे उसके ऊपर चढ़ावा आ जाता है। नवरात्र में चढ़ावे के रुप में दस-बीस हजार आ जाने से घर का खर्च चलाना आसान होता है।

अपने माता-पिता को खो चुका सलीम पहले करघे से अपने घर में साड़ी की बुनाई करता था। फिर पावरलूम चलाने लगा। वहाँ भी ठीक से काम नहीं मिला तो सलीम लेबर मंडी में लेबरई करने लगा। भीषण ठंड होने के कारण सलीम को आज खाने को भी नहीं मिला है। सलीम ने कहा कि 'मंडी' में सौ आदमी खड़ा है सभी को काम तो मिलेगा नहीं। मेरी उम्र 25 वर्ष है। अब तो बुढापा आ गया है। कम से कम मदरसे में ही पढ़े होते तो कुछ काम मिल जाता।'' सलीम का निवास जैतपुरा में बुनकर हास्पिटल के पास एक चबूतरा है। उसका बिस्तर वहीं पर लावारिस पड़ा रहता है।

उपरोक्त उदाहरण यह सोचने पर विवश करता है कि आज जो विकास हो रहा है, वह किसके लिए हो रहा है। पंचम पीली कोठी के लेबर मंडी में हाथ फैलाये सुबह आठ बजे से खड़ा हो जाता है। उसे कभी काम मिल जाता है तो कभी काम नहीं मिलता है। उसका कहना है कि वैसे भी बिहारी लोगों ने आकर मार्केट खराब कर दिया है। हाथ फैलाये रखने के बाद भी काम नहीं मिलने पर जीवन की निरर्थकता का वृत्तान्त सभी मजदूरों ने किया है। शायद कुछ वर्षों पहले इतनी बड़ी-बड़ी लेबर मंडी बनारस में नहीं लगती थी। विकास की बेतरतीब प्रक्रिया ने इनसान को आज कहाँ से कहाँ खड़ा कर दिया है। शहर के आस-पास के गाँव में आकर चौराहे पर खड़ा मानव हर तरह से शोषण का शिकार है। जिनकी दुकानों के आगे खड़ा होकर वह काम पाने का इन्तजार करता है, उनकी गालियों का शिकार भी वह हर रोज होता है। उनकी नजरों में सबसे बुरा व्यक्ति यह लेबर ही है जो धन्धे के वक्त मूड खराब कर देता है। पुलिस के लिए भी सबसे हाशिये का व्यक्ति यह लेबर ही है जो सुबह-सुबह चौराहे पर खड़ा होकर यातायात व्यवस्था को बाधित करता है। पुलिस डंडा-पीटकर मजदूरों को पीछे ढकेलती है। गालियाँ देती है, मारती है और भाग जाने को कहती है। आखिर उस लेबर का क्या दोष है? वह तो अपना और अपने परिवार के पेट की आग बुझाने के लिए चौराहे पर खड़ा होकर काम माँग रहा है। किताबी शिक्षा से वंचित, घर परिवार से दूर, फुट (फुटपाथ) पर सोना, पूरा आकाश ही उसकी चादर है, सुलभ शौचालय में पाँच रुपये में पखाना जाना, गंगा में स्थान करना, काम नहीं मिलने पर गंगा को निहारते हुए पूरा दिन बिता देना, लूडो खेलकर टाईम पास करना, गंगा किनारे या रेलवे लाईन पर आवश्यकतानुसार शौच जाना यही इन मजदूरों की दिनचर्या है। कोई पाँच रुपये प्रतिदिन देकर खिड़किया घाट के गोवर्धन मन्दिर में सोता है, तो कोई चौकाघाट के महादेव मन्दिर में पाँच

रुपये देकर सोता है, तो कोई पन्द्रह रुपये देकर आचार्य रामचन्द्र शुक्ल संस्थान में सोता है। मन्दिर का बिचौलिया (रखवाली करने वाला) प्रतिदिन सोने के लिए पैसों को लेकर मोलभाव अलग से करता है। जीवन के थपेड़ों को सहता हुआ वह चुप है कि शायद यह उसकी नियति है। जब सुख देखा ही नहीं है तो दुख उसे क्यों बुरा लगेगा? कोई दो समोसा के सहारे तो कोई दो लिट्टी और मरचा (हरी मिर्च) के सहारे पूरा दिन काट देता है। कोई भूखा रहकर तो कोई कर्ज लेकर अपना तथा अपने परिवार का पालन-पोषण कर रहा है। जब मैं नाली पर मोची, राधाकृष्ण प्रकाशन, नयी दिल्ली पुस्तक लिख रही थी तो लगा कि गाँधी के अन्तिम व्यक्ति तक मैं पहुँच चुकी हूँ लेकिन मेरी यह सोच गलत साबित हुई। लेबर मंडी में खड़ा लेबर तो हाथ पसारने के बाद भी कमा नहीं पा रहा है। यह सच है कि मोची नाली पर बैठा हुआ है, और अपने हुनर से वह कुछ न कुछ अवश्य ही कमा ले रहा है। जीवन की इस आपाधापी में इनसान किन परिस्थितियों में जी रहा है इस ओर देखने की फुर्सत किसी को नहीं है। सरकारें आती हैं और चली जाती हैं। मजदूरों की ओर कोई देखना नहीं चाहता है। बुलानाला लेबर मंडी के मजदूरों ने कहा कि पुलिस डंडा पीटते हुए हम लोगों को डंडो से पीछे ढकेलती है। हाँकने की यह प्रवृत्ति पाश्विक व्यवहार को पुष्ट करती है।

महावलपुर, दुल्हीपुर के आफताब, उम्र 30 वर्ष को भीषण ठंड के कारण कई दिनों से काम नहीं मिला है। काम नहीं मिलने से दुःखी आफताब ने कहा कि— ''मालिक ने मुँह दिया है तो काम भी देगा। मालिक ऊपर वाला है। पेट दिया है तो काम देना भी उसी का काम है। जिस दिन काम नहीं मिलता है सर पर हाथ रखकर बैठना पड़ता है। खरमास होने तथा भीषण ठंड के कारण मंडी में सियार लोट रहा है। काम नहीं मिलने से मन बहुत चिन्तित रहता है। घर पहुँच कर फिर कल के बारे में सोचते हैं। काम नहीं लगता है तो सोचते हैं आत्महत्या कर लें। घर का खर्च पूरा नहीं कर पाने के कारण बच्चे बार-बार जवाब देते हैं कि तुमने हमारे लिए क्या किया है।''

बुनकरी (बिनकारी) के काम से लेबरई के काम में आये मजदूरों को हथकरघा चलाने पर न तो उतना पैसा मिल पाता है और वर्तमान में न ही हथकरघा लगाने के लिए उतनी जमीन और संसाधन उनके पास हैं। चौराहे पर खड़े लेबर की अपनी-अपनी पीड़ा है। किसी का किसी से कोई रिश्ता नहीं है, पर मनुष्यता के धरातल पर सब समान हैं। सबका उद्देश्य एक ही है, किसी तरह आज काम मिल जाएँ, जिससे रोजी-रोटी की समस्या न हो।

लेबर को महीने में पन्द्रह दिन काम मिल जाए यही बहुत बड़ी बात है। लेबर-चौराहा अपने आप में ही बड़ा अनूठा है। सभी अपना-परिवार, नाते-रिश्तेदार,

बच्चे, माता-पिता, भाई-बहन, गाँव सब कुछ छोड़कर एक ठूँठे की तरह चौराहे पर खड़े हैं। शिक्षा, स्वास्थ्य, पानी, शौचालय, बिजली, आवास तथा जीवन की मूलभूत सुविधाओं से वंचित फुटपाथ पर रहकर अपना जीवन व्यतीत करने वाले व्यक्ति को केवल एक ही चीज की आशा है, किसी तरह उसे आज काम मिल जाए। यहाँ कोई न तो किसी का दोस्त है, और न ही दुश्मन। कोई किसी को जानता नहीं है। शिक्षा से वंचित उसे आशा और विश्वास है तो बस अपने शारीरिक श्रम पर। जो मजदूर पढ़े-लिखे हैं, लेबर चौराहे पर उनकी स्थिति भी वही है।

महात्मा गाँधी ने कहा था कि ''स्वतन्त्र भारत में विकास की कसौटी अन्तिम व्यक्ति होगा। आज विकास के नाम पर जो ढोल-नगाड़े बज रहे हैं, उस विकास में महात्मा गाँधी के उस अन्तिम व्यक्ति को चौराहे पर खड़े होकर काम माँगने पर भी महीनों-महीनों काम नहीं मिल रहा है। महात्मा गाँधी जब दक्षिण अफ्रीका से भारत लौटे तो उन्होंने भारतीयता और भारतवंशियों को करीब से जानने, समझने के लिए पूरे देश की यात्राएँ की। काश, आज भी ऐसा होता कि कोई इन चौराहों पर खड़े मजदूरों के जीवन को समझने का प्रयास करता। गाँव में गरीबी, बेरोजगारी और हर तरह का अभाव सहते हुए कोई बनारस शहर में आकर चालीस वर्षों से फुटपाथ पर सो रहा है, तो किसी का सहारा अपनी ही गुमटी या गंगा का किनारा है। अपना सब कुछ छोड़कर इनसान चौराहे पर खड़ा है कि शायद उसे कोई भी काम मिल जाए, फिर भी उसे काम नहीं मिलता है। श्रम के बाजार में वह अकेला है।''

अध्याय : तीन

विकास और लेबर चौराहा

महात्मा गाँधी ने कहा था कि "अगर मुझे गाँवों को निर्धनता से मुक्त करने में सहायता मिल जाए तो मैं समझूँगा कि मैंने सारे भारत के लिये स्वराज प्राप्त किया है। अगर गाँव नष्ट होता है तो भारत भी नष्ट हो जाएगा।"

भारत एक कृषि प्रधान देश है। भारत की कृषि संस्कृति को बचाये रखा जाना चाहिए। राष्ट्र के विकास की जड़ खेती-किसानी और उस पर आधारित लघु और कुटीर उद्योग रहे हैं। भारत वर्ष में कम पूँजी से चलने वाले हथकरघा, कुटीर एवं लघु उद्योग ग्रामीण रोजगार के मुख्य आधार रहे हैं। आज हथकरघा पर काम करने वाले चौराहे पर खड़ें हैं। उनके काम खत्म हो चुके है या खत्म होने की प्रक्रिया में है। उन्हें हथकरघा पर काम करने के बाद अपनी लागत तक नहीं मिल पा रही है। इसका परिणाम यह है कि चौराहों पर खड़े होकर मानव सीमेंट, बालू ढोने के लिये बाध्य है या अकुशल मजदूर के रुप में गारा मिट्टी का काम कर रहा है। यह काम ढूँढ़ने के लिये भी उसे बहुत संघर्ष करना पड़ रहा है।

खेती किसानी से लेकर लोगों का जीवन तक पर्यावरण प्रदूषण की भेंट चढ़ चुका है। पारम्परिक व्यवसाय आज खत्म हो रहे हैं। पेट भरने की आस और पैसा कमाने का सपना लिये जो लोग शहरों की और भाग रहे हैं, उनके संघर्षों और तकलीफों का बखान केवल वे ही कर सकते हैं। जो लोग इस आशा के साथ शहरों की ओर भाग रहे हैं कि उन्हें कुछ न कुछ काम मिल जाएगा, वह उनके भ्रम के सिवा कुछ नहीं होता। शहरों में कितने रोजगार हैं, यह विचार-विमर्श का विषय है। आज जो विकास हो रहा है, उसका लाभ कितने प्रतिशत लोगों को मिल रहा है, उसका आँकड़ा जुटाने की जरूरत है। विकास की पूरी संरचना पर चिन्तकों, कल्याणकारी काम करने वालों, स्वयंसेवी संस्थाओं को विचार करने की आवश्यकता है।

गाँधी जी ने विकास की जो संकल्पना की थी वह पूरी नहीं हो पायी। हाथों से काम निकलते गये, और जो काम आए उनको मशीनों ने करना शुरू कर दिया। लोगों के हाथों से काम निकल जाने से भूखमरी की स्थिति आ गयी। विकास को

कैसे परिभाषित किया जाए यह सोचने का विषय है। यदि विकास का अर्थ बहुमंजिले मकान हों, सड़कों पर गाड़ियों की भीड़ हो, गाड़ियों की संख्या इतनी ज्यादा हो कि सड़कों पर पैदल चलना मुश्किल हो, छोटे दुकानदारों से मुँह का निवाला छीनकर बड़े-बड़े मॉल बनाये जा रहे हों, जिसमें जाने से आम आदमी डरे तो वह विकास तो कत्तई नहीं कहा जा सकता है। विकास का सारा जोर शहरों पर है। इसे विकास कैसे कहा जा सकता है? आज विकास को कैसे देखा जा रहा है, यह महत्त्वपूर्ण प्रश्न है। क्या शहरों के साथ-साथ गाँवों का भी विकास हो रहा है? यह देखना जरूरी है। यदि गाँवों में भी विकास हो रहा है तो वहाँ रोजगार की सम्भावनाएँ क्यों नहीं पैदा हो पा रही हैं। लोगों के पारम्परिक रोजगार जिस तरह से छीने गये, जैसे—सोनार के काम, लोहार का काम, कुम्हार का काम, दोना, डलिया, पत्तल बनाने का काम, छोटा-छोटा नमकीन, अमावट, खोईया का लड्डू, घरेलू साबुन बनाने का काम, घर में रह कर कपड़ा सिलने का काम, बढ़ई का काम, बच्चों के लिए तरह-तरह के खिलौने बनाने का काम आदि न जाने कितने रोजगार हैं, जिनका अस्तित्व खतरे में है। ऐसे में जिनके पास खेती है, उनकी नमक रोटी का जुगाड़ तो किसी तरह हो जाता है, लेकिन जिनके पास वह भी नहीं है, उसके लिए भूखमरी और रोजी-रोटी के लिए दर-दर भटकने के सिवाय कोई विकल्प नहीं होता है। आज की दुनिया इंटरनेट के कारण बहुत बड़ी हो चुकी है। गाँव में रहकर ही विकास की योजनाएँ संचालित की जा सकती है। गाँवों की बेकद्री भविष्य में बहुत बड़ी-बड़ी समस्या पैदा कर सकती है। प्रतिकूल मौसम से प्रतिवर्ष हजारों किसान आत्महत्या कर रहे हैं। जो सीमान्त किसान हैं, उसके पास जब कोई विकल्प नहीं होता और मौसम के मार से खेती बर्बाद हो चुकी होती है, उसके लिए रोजी-रोटी की तलाश बहुत आसान नहीं होती है। उनमें से कोई शहरों में आकर रिक्शा खींच रहा है तो कोई किसी भी तरह का काम करने के लिए विवश है। यह काम चाहे मुर्दा ढोने का हो या कब्र खोदने का ही क्यों न हो। जीवन की विवशता ऐसी है कि किसी से कुछ पाने का भी विकल्प नहीं है। आखिर कहें भी तो किससे कहें? न तो कुछ जानकारी है और न ही इतनी शिक्षा है कि किसी से कुछ कह सकें। जीवन की जबर्दस्त असुरक्षा से जूझते हुए बनारस के पास के एक गाँव लोहता के मुस्लिम बुनकर जावेद, जो बुनकरी बन्द हो जाने और पूरी मजदूरी नहीं मिलने के कारण चौराहे पर खड़े होकर काम ढूँढ़ रहे हैं, कहा कि वोट देने जरूर जाना है, नहीं तो वोटर लिस्ट से नाम कट जाने पर आतंकवादी की श्रेणी में जाएँगे। ऐसी असुरक्षा में जीवन जीने वाले देश के नागरिकों के बारे में आज नहीं तो कल सोचना ही होगा। फिर यह विकास किसके लिए हो रहा है और किसी एक बँधे-बँधाये ढर्रे से जीवन को नहीं चलाया जा सकता है। मानव की समस्याएँ अनन्त है और मानव को ही उन

समस्याओं का समाधान ढूँढ़ना होगा। गाँव ही हमारे जीवन का मूल आधार है। गाँवों की बेकद्री करके विकास नहीं हो सकता है। हमारे रिश्ते, नाते, प्यार, मोहब्बत सब कुछ का ताना-बाना गाँवों से ही जुड़ा है। हम जिस आत्मविश्वास और आत्मसम्मान के साथ गाँवों में रहकर अपनी रोजी-रोटी चलाते हैं, वह शहरों में चौराहें पर खड़े होकर नहीं चला सकते हैं। शहरों में चौराहे पर खड़े होकर जिस जलालत और बेइज्जती का जीवन हमारा लेबर जीता है उसकी व्याख्या/वर्णन आसान नहीं है। उसके पास किसी तरह की सुविधा नहीं है, न ही उसके दुःख-दर्द के सुनने वाला कोई है। गाँवों के आस-पास जिस तरह की रोजी-रोटी की व्यवस्था होनी चाहिए वह हुई नहीं है और विकास के नाम पर नये-नये शब्द आ गये हैं। जैसे—स्मार्ट सिटी। शहरों की ओर भागना लोगों की मजबूरी है। यदि गाँवों में ही रोजगार के बेहतर अवसर होंगे तो कोई भी वहाँ से पलायन नहीं करेगा।

अपने लोगों के साथ जीवन जीना हर कोई चाहता है। मशीनों ने लोगों के हाथों के कामों को ऐसा छीना है कि इनसान शहरों की ओर भाग कर कोई भी काम करने को मजबूर है। वह चौराहे पर खड़ा होकर एक टक काम पाने की आशा में इधर-उधर देख रहा है। ऐसा नहीं है कि उसे कोई बहुत बड़ा काम मिल जाएगा। कोई मोटा काम ईंटा-पत्थर ढोने का या साफ-सफाई करने का काम मिल जाए, इसी आशा से वह वहाँ खड़ा है। रोजी-रोटी पाने की आशा में शहरों की ओर भागना लोगों की मजबूरी हो गयी है। परिवार का मोह छोड़कर जीवन के कठिन संघर्षों को झेलने के लिए अपने आपको तैयार करके शहरों की ओर जाना कोई आसान काम नहीं है। अनिश्चितता की जिन्दगी, काम मिलेगा या नहीं, काम नहीं मिला तो दूसरे दिन के बारे में सोचते हुए पूरी रात करवटें बदलते हुए बिताना चौराहे के मजदूर के लिए आसान नहीं होता है। न रहने का स्थान, न ठीक से शौचालय करने के लिए पाखाना और न ही पीने का स्वच्छ पानी। ऐसी संघर्षपूर्ण स्थिति में अनजान शहर में रोजी-रोटी ढूँढ़ना कोई आसान काम नहीं है। यदि गाँव के आस-पास ही जिन्दगी और स्वास्थ्य के बेहतर अवसर होते, रोजगार होता तो कोई भी शहरों की ओर पलायन नहीं करता। शहरों की चकाचौंध भरी जिन्दगी में जलालत झेलने तो कोई भी आना नहीं चाहता है।

किसी भी व्यक्ति को घर के करीब रोजगार और बेहतर ढंग से जीने का अवसर मिलेगा तो कोई भी दूर परदेश जाना नहीं चाहेगा। गाँवों की जीवंतता और सामाजिकता तथा रोजगार के अवसर होने पर शहर की ओर भी नहीं भागेगा। यदि गाँव के विकास की ओर ध्यान दिया जाए तो वे भी चमक-दमक से भरे होंगे। गाँवों के लोगों के लिए रोजगार का होना अति आवश्यक है। यदि लोगों को अपनी रोजी-रोटी गाँवों में ही मिल जाएँ तो शहरों की भीड़भाड़ भरी जिन्दगी में अजनबी

बनकर इनसान जिन्दा नहीं रहना चाहेगा। आज विकास को फिर से परिभाषित करने की जरूरत है। बड़े-बड़े होटल, मकान, गाड़ियाँ आदि कुछ लोगों के पास हो तो उसे विकास नहीं कहा जा सकता। शहरों में जब एक व्यक्ति कमाने के लिए जाता है, तो उसके पास कुछ भी नहीं होता। अकेला एक मैला-कुचैला कपड़ा, गमछा और झोला लेकर चौराहे पर खड़े किसी काम के आने पर दौड़ते इनसान के संघर्षों की व्याख्या कौन करेगा? जीवन को सामाजिक सम्बन्धों के साथ जीते हुए, अपने सुख-दुख को बाँटते हुए उसे जो सुकून मिलता है, उससे एक नया अध्याय लिखा जा सकता है।

सभी जानते हैं कि आज लोग किस तरह के हालात का सामना कर रहे हैं और किस कदर बेरोजगारी फैली हुई है। इसको महसूस करने की जरूरत है। जीवन जीने की स्थितियाँ हमेशा से चुनौतीपूर्ण रही है। आज बढ़ती आबादी के बीच जीवन जीने और कुछ करने की चुनौती जैसे-जैसे बढ़ी है, वैसे-वैसे रोजगार के मौके भी कम होते गये हैं। पढ़े-लिखे और अनपढ़ हर तरह के लोग चौराहे पर खड़े दिखाई देते हैं। चौराहे पर खड़े ऐसे करोड़ों लोग हैं, जो कहते मिल जाएँगे कि कोई काम नहीं है, आखिर कोई तो काम मिल जाए? जिन पुरुषों और महिलाओं के पास काम नहीं है, उससे लोग दूर भाग रहे हैं। इन लोगों की समस्याओं को कोई जानना भी नहीं चाहता है। इनकी परेशानियों को बिना जाने, इन्हें दोष देना गलत है, आखिर ये लोग कहाँ जाएँ, क्या करें?

रोजगार के अवसर शहरों तक सीमित हो रहे हैं, इसलिए गाँवों से लोग तेजी से पलायन कर रहे हैं। गाँवों से एक समूची पीढ़ी भाग रही है। शहरों पर दबाव लगातार बढ़ता जा रहा है। आस-पास के स्थानों से बहुत बड़ी तादाद महानगरों की ओर काम पाने के लिए निकलती है। यह भीड़ इस आशा के साथ निकलती है कि उसे किसी तरह का काम मिल जाए। लेकिन कोई आवश्यक नहीं है कि उसे काम मिल ही जाएगा? यदि काम मिल ही गया तो वह किस कीमत पर मिलेगा, क्या मजदूरी मिलेगी, उसके साथ किस तरह का व्यवहार किया जाएगा, काम कराने के बाद, काम कराने वाला पैसा देगा या नहीं, या माँ-बहन की गाली देकर भगा देगा, बाल नोंच कर मारेगा या जेल भेजने की धमकी देगा आदि ऐसी बहुत सी समस्याओं को मजदूर झेलता है। उसे आज या कल काम मिलेगा या नहीं इसकी कोई अनिवार्यता नहीं रहती है। काम नहीं मिलने पर इधर-उधर बैठकर, सो कर, रोकर, गंगा की लहरों, तालाबों की लहरों को देखकर किसी तरह दिन बिताना मजदूरों की दिनचर्या बन जाती है। आस-पास के छोटे शहरों के गाँवों से बनारस जैसे शहर में आकर घाट के किनारे जाड़ा, गर्मी और बरसात में रहकर तीस-चालीस वर्षों तक जीवन बीता देना उनकी नियति बन जाती है। न जाने कितने करोड़ लोग खाली बैठे

हैं। आज यह सम्पूर्ण राष्ट्र के लिए एक चुनौती है कि देश की इतनी बड़ी जनसंख्या जो काम पाने के लिए देश के भिन्न-भिन्न भागों में घूम रही है, उसकी मूलभूत आवश्यकताओं की पूर्ति कैसे होगी? मानव जीवन की ऐसी बेकद्री देखकर मन में भय होता है कि आने वाले समय में सम्पूर्ण राष्ट्र ऐसी समस्याओं से कैसे निपटेगा? हाथों से काम छीनकर मशीनों से काम करवाना चिन्ता का विषय है। यह एक चुनौती है कि आबादी को सही ढंग से नियोजित कैसे किया जाए? आज के जमाने में रोजगार के बिना रोटी का जुगाड़ सम्भव नहीं है। खेती घाटे का सौदा साबित हो रही है। परम्परागत पेशे खत्म हो रहे हैं। गाँवों से शहरों की तरफ पलायन लगातार बढ़ रहा है। महात्मा गाँधी ने देश की आजादी के बाद जिस तरह के गाँव और गाँव पंचायत की कल्पना की थी उसका निर्माण राष्ट्र ने आज तक नहीं किया है। उनकी कल्पना थी कि हर गाँव में पूर्ण प्रजातन्त्र होगा, जो अपनी जरूरतों के लिए पड़ोसी पर निर्भर नहीं होगा। गाँधी जी ने ग्राम सभा से लोकसभा तक के लोकतांत्रिक ढाचे की कल्पना की थी और कहा था कि "आजादी नीचे से शुरु होनी चाहिए। हर एक गाँव में लोगों की हुकूमत या पंचायत का राज होगा। उनके पास पूरी सत्ता और ताकत होगी। इसका मतलब यह है कि हर एक गाँव को अपने पाँव पर खड़ा होना होगा। अपनी जरूरतें खुद पूरी कर लेनी होंगी ताकि वह अपना कारोबार खुद चला सकें। सच्चे प्रजातन्त्र में नीचे से नीचे और ऊँचे से ऊँचे आदमी को समान अवसर मिलना चाहिए। इसलिए सच्ची लोकशाही केन्द्र में बैठे हुए दस बीस आदमी नहीं चला सकते, वह तो नीचे से हर एक गाँव के लोगों द्वारा चलायी जानी चाहिए। महात्मा गाँधी ने कहा था कि "भारत अपने चन्द शहरों में नहीं बल्कि गाँवों में बसा हुआ है।"

प्राचीन काल से ही भारत में प्रशासन की धुरी गाँव रहे हैं। गाँव ही सामाजिक जीवन के केन्द्र बिन्दु और देश की अर्थव्यवस्था की प्रधान इकाई रहे हैं। लेकिन बहुत दुःख की बात है कि आज ग्रामीण जनता अपनी रोजी-रोटी के लिए सबसे ज्यादा संघर्ष कर रही है। लेबर चौराहे पर खड़ा मजदूर खेती से अपनी रोजी-रोटी नहीं चलने के कारण देश के विभिन्न शहरों में मजदूरी करने को बाध्य है। बहुत बड़ा प्रश्न यह है कि शहरों में आने के बाद जब वे मजदूर बन जाते हैं तो उनकी जो स्थिति बन जाती है, उसे उनके पास जाकर ही महसूस किया जा सकता है। काम का आसरा जोहते-जोहते सुबह से शाम हो जाती है और उसे काम नहीं मिलता। एक अनजान शहर में वह जाए तो कहाँ जाए? कोई भी तो अपना नहीं है। जो सहयोग, सुरक्षा परिवार में रहकर उसे मिल जाता है, वह शहर में उसे कहाँ मिलेगा? न रहने का स्थान है, न खाने की व्यवस्था है, न सोने के लिए बिस्तर है और न पीने का स्वच्छ पानी है, पाखाना जाने के लिए भी उसे खूब जलालत झेलनी पड़ती है। ऐसे

अनिश्चितता भरे जीवन में उसका कोई नहीं होता है। कभी काम का मिलना और कभी काम का नहीं मिलना उसके जीवन को बहुत दुखदायी बना देते हैं। कल की चिन्ता में डूबे व्यक्ति के लिए अगले दिन की रोजी-रोटी के जुगाड़ में पूरी रात करवटें बदलते बीत जाता है। विकास की इस आपाधापी में हर अगले दिन की चिन्ता उसे खाये जाती है। घर, परिवार, बच्चे सभी की यादों में खोया, मद्रास, कोलकाता, गोवा, अमृतसर चारों ओर से मात खाकर वह वापस अपने घर की ओर लौट आता है।

विकास के नाम पर देश में गरीबी तब तक शुरू हुई, जब हमारे शहर, कस्बे विदेशी कम्पनियों के माल के बाजार बन गये और उपभोग की वस्तुओं को गाँवों में भेजकर उनका रोजगार छीनने लगे। यदि बड़ी-बड़ी देशी/विदेशी कम्पनियों द्वारा तैयार माल गाँवों में भेजा जाता रहा तो गाँवों का पतन निश्चित है। गाँवों में जो परिवर्तन हुए उससे हाथों के रोजगार छीनने के साथ ही पर्यावरण भी चौपट हुए हैं। आज हर चीज प्लास्टिक के बाजार में उपलब्ध हैं, जिसे मशीनों ने तैयार किया है। गाँवों में जो चीजें बन रहीं थीं, उसको परिष्कृत नहीं किया गया, बल्कि उसे खत्म कर दिया गया और लोगों के हाथों से एक झटके में काम छीन लिया गया। सुनार, लोहार, कुम्हार, वैद्य, गुड़ तैयार करने वाले, चटाई बनाने वाले, कसेरा द्वारा बर्तन तैयार करने वाले आदि काम करने वालों के साथ ही साथ अनगिनत हाथों से काम छीने गये। कल जो मालिक था आज वह मजदूर बन गया है। एक ऐसा मजदूर जिसे बहुत प्रयास के बाद भी काम नहीं मिल पा रहा है। नयी-नयी मशीनों ने उसके हाथों से काम छीन लिये है।

पहले भारत को सोने की चिड़िया कहा जाता था, लेकिन आज लेबर चौराहों की भीड़ और लोगों की गरीबी देखकर यह कहना मुश्किल है कि सोने की चिड़िया कहाँ हैं पहले हमारे गाँव, शहरों की जो भी आवश्यकताएँ होती थीं, उसे पूरा करती थी। लोगों के हाथों से कामों का छीनना तब शुरु हुआ जब बड़ी-बड़ी देशी-विदेशी कम्पनियों ने अपना जाल फैलाना शुरु कर दिया और अपना बनाया हुआ माल गाँवों तक बेचना शुरु कर दिया। बड़ी-बड़ी कम्पनियों ने हर चीज में अपने हाथ आजमाये। यहाँ तक कि आम से बनने वाले अमावट पर उन्होंने कब्जा कर लिया है और पाँच-दस रुपये में उसे पैक करके बेच रहे हैं। छोटे-छोटे पैकेट में नमकीन तैयार कर जनता को परोस रहे हें। पहले घूम-घूम कर नये-नये गाने बनाकर 'चना जोर गरम बाबू मुलायम मजेदार चना जोर गरम' गाना गा-गाकर लोगों का मनोरंजन करते हुए अपनी संस्कृति की पहचान बनाते हुए जो नमकीन बेचा करते थे वे आज कहीं खो गये हैं? कहीं भी कुछ भी काम की खोज में ऐसे लाखों-लाख लोग चौराहों पर खड़े हैं, जिनकी कोई गिनती भी नहीं है। बनारस शहर के गुरुधाम चौराहे पर खड़े

मजदूरों ने कहा कि "ये चौराहे जेल जैसे होते हैं। चार लोग कहीं चले जाते हैं तो दस नये लोग आ जाते हैं। इस तरह आने-जाने का क्रम बना रहता है। हम सभी एक भीड़ का हिस्सा होते हैं। कोई किसी को जानता नहीं है। सबका उद्देश्य एक ही होता है कि किसी तरह काम मिल जाए।"

आज गाँव के जो भी संसाधन है, उसकी उत्पादकता बढ़ाने की जरूरत है। जैसे कुम्हार निर्माता था, वह बनाता था, इसीलिए उसे प्रजापति कहा जाता था। कुम्हार के सामानों को परिष्कृत किया जाना चाहिए था, जो कि नहीं किया गया। बहुत से लोग श्रमिक थे, लेकिन उत्पादक थे, अपने काम के मालिक थे। आज उत्पादक को लेबर बना दिया गया है। उसके शोषण का पूरा प्रयास किया जाता है। यहाँ तक कि उस पर हिंसा तक की जाती है। काम करवा कर पैसा नहीं देना, गाली देना, मारना-पीटना, यदि अकेला काम कर रहा है तो घर के अन्दर काम करने के लिए घुसाकर बाहर से ताला बन्द करके चले जाना और रात्रि में आठ नौ बजे वापस आना, काम करवा कर पूरा पैसा नहीं देना, झूठा, चोरी का आरोप लगा देना, काम ठीक होने पर भी यह कहना कि काम ठीक से नहीं किया है चोट लगने, गिर जाने पर मारकर भगा देना और इलाज नहीं करना आदि अनेक ऐसी समस्याओं से लेबर अक्सर जूझता है। आज यह बात साबित हो चुकी है कि कोई व्यक्ति या देश यदि उत्पादक नहीं, सिर्फ उपभोक्ता है तो उसका पतन निश्चित है।

लोगों का गाँवों से शहरों की ओर लगातार आना और यहाँ आने पर काम का नहीं मिलना अच्छे संकेत नहीं है। सच्चाई यह है कि गाँव की पूरी अर्थव्यवस्था चरमरा चुकी है। तमाम तरह की नयी-नयी मशीनों ने गाँव वालों को बेरोजगार बना दिया है। उपभोग में आने वाली वस्तुओं के लिए लोग बहुराष्ट्रीय कम्पनियों पर आश्रित हो गये हैं, जिससे लोगों के हाथों से काम लगातार छीनते जा रहे हैं।

देश में कृषि की उपेक्षा और औद्योगीकरण में वृद्धि का ही नतीजा है कि बेरोजगारी के कारण गाँव के लोगों का रुझान शहरों की ओर बढ़ा है। नौकरी पाने के लिए लोग शहरों की ओर तो आ गये, लेकिन संसाधनों की सीमित उपलब्धता और इनके असन्तुलित वितरण के कारण आर्थिक विषमता की खाई समय के साथ लगातार बढ़ती गयी। आज भी बहुत सारे लोग सड़कों पर, चबूतरों पर, झुग्गियों में जीवन गुजारने के लिए मजबूर है और बहुत मुश्किल से अपनी मूलभूत जरूरतें रोटी, कपड़ा और सिर ढँकने के लिए एक अस्थायी ठिकाने का जुगाड़ कर पाते हैं। बनारस शहर में तो न जाने कितने मजदूर घाट की सीढ़ियों और पेड़ के नीचे सोने के लिए मजबूर हैं। न जाने कितनी बड़ी जनसंख्या सड़कों पर सोने के लिए बाध्य हैं। एक आँकड़ों से पता चलता है कि चार करोड़ से ज्यादा की आबादी बदहाल झुग्गियों में रहने को मजबूर हैं तो विकास के सभी मापदंड झूठे लगने लगते हैं। लेबर चौराहे का

मजदूर बहुत मुश्किलों से अपनी मूलभूत जरूरतों को पूरा कर पाता है। कई-कई बार तो वह भूखा ही सो जाता है। सड़कों पर, चबूतरों पर रहने वाले मजदूरों को पेट भर भोजन कराना एक चुनौती है। आज जो योजनाएँ चल रही हैं उसका क्रियान्वयन आखिर कैसे होगा? बनारस शहर में बहुत से धर्मार्थ कार्य करने वाले लोगों द्वारा इन मजदूरों/गरीबों के पेट भरने का कार्य किया जाता है जिससे हजारों की संख्या में लोग यहाँ काम की तलाश में आते हैं और काम के मिलने/न मिलने की स्थिति में कुछ दिन रहकर वापस चले जाते हैं। मशीन पर निर्भरता ने श्रम के महत्त्व को दिन पर दिन कम कर दिया और व्यक्ति के गुणों का महत्त्व दिन पर दिन घटता जा रहा है। मशीनीकरण के पागलपन को गाँधी जी ने नकारा था। गाँधी जी का कहना था कि प्रकृति के पास इतने पर्याप्त संसाधन हैं कि वह सभी लोगों की आवश्यकताएँ पूरी कर सकती है।

आज मशीनों के प्रति लोगों का जो सम्मोहन दिखायी पड़ रहा है, गाँधी जी उसके सख्त खिलाफ थे। गाँधी जी ने शारीरिक श्रम को निहायत आवश्यक माना था। आज मशीनों के द्वारा देश में जिस तरह का विकास हो रहा है, उससे भयानक बेरोजगारी बढ़ रही है। इस बेरोजगारी के कारण तरह-तरह की शारीरिक और मानसिक बीमारियाँ फै ल रही हैं। यह कहा जाता है कि मानसिक समस्याएँ/ बीमारियाँ पढ़े-लिखे लोगों में ज्यादा होती हैं। लेकिन कोई एक बार लेबर चौराहे के लेबर से मिलकर तो देखे? रात-दिन काम की खोज में इधर-उधर भटकते हुए उसका पूरा दिन बीत जाता है। लम्बी दूरी तय करने के बाद वह काम की खोज में चौराहे पर आता है और काम नहीं मिलने पर उसकी जो मानसिक स्थिति होती है, उसका वर्णन वही कर सकता है। विकास की इस आपाधापी में एक अनजान शहर में उसका अपना कोई नहीं होता है, जिससे वह अपना सुख-दुख कह सके। परिणाम यह होता है कि अनिद्रा, अकेलापन, अवसाद, दुःख, घबराहट, शरीर दर्द, अनमनापन, अविश्वास आदि बीमारियों से वह जूझता है। शहरों में आकर काम का नहीं मिलना और मानव जीवन का भटकाव हम सभी के मुँह पर एक तमाचा है। एक चौराहे पर काम नहीं मिलने पर वह भागकर दूसरे चौराहे पर जाता है। सुबह आठ बजे से खड़ा-खड़ा वह काम की आस लगाये रहता है कि शायद कोई काम आता होगा? कभी-कभी तो वह दोपहर बारह एक बजे तक वैसे ही खड़ा रह जाता है और उसे काम नहीं मिलता है। मजदूर ने क्या खाया है, यह देखने की फुर्सत किसी के पास नहीं होती है। लेबर चौराहे का मजदूर कभी पाँच रुपये का नमकीन खाकर तो कभी दो लिट्टी खाकर पूरा दिन गुजार देता है।

आज चौराहे पर खड़े लेबर के बारे में सभी को विचार करना होगा। वह गाँव से शहरों की ओर क्यों भाग रहा है? यह सोचने की जरूरत हैं कहने को किसान देश

का अन्नदाता है, लेकिन भारत के किसानों की दयनीय स्थिति को देखा जाए तो दिल घबड़ा सकता है। स्थितियाँ यहाँ तक बिगड़ चुकी हैं कि आज किसान अपना ही पेट नहीं पाल पा रहा है, और स्थिति यहाँ तक बिगड़ चुकी है कि वह आत्महत्या तक करने को मजबूर है। ये किसान फसल खराब होने पर जब देश के विभिन्न भागों में कमाने के लिए जाते हैं और जिन अमानवीय, स्थितियों का सामना करते हैं, उससे जूझने का साहस वे ही कर सकते हैं।

देश में हर साल लाखों लोग रोजी-रोटी के लिए गाँवों से शहरों की ओर रुख करते हैं। उनके दिल में अपना घर छोड़ते वक्त अपनों से बिछड़ने का कष्ट होता है, वहीं यह विश्वास भी रहता है कि शायद उन्हें दूसरी जगह पेट भरने का कोई अच्छा जुगाड़ मिल जाएगा। आज लोगों के गाँवों से शहरों की ओर आने से आबादी का सन्तुलन बिगड़ रहा है। सबसे खराब हालत शहरों का हुआ है। लोग शहरों में जिन बुरी स्थितियों में रह रहे हैं, उसमें सुधार जल्दी से जल्दी करना होगा। गन्दे रहन-सहन और अपौष्टिक भोजन खाने से मजदूर बीमार रहते हैं और उसका प्रभाव उनके कार्य पर भी पड़ता है। पप्पू नाम के एक मजदूर ने बताया कि वह बनारस शहर के चौकाघाट पर कबाड़ के बीच में सोता है। आँकड़े बताते हैं कि उत्तर प्रदेश में करीब बीस लाख लोग साल भर में बाहर के राज्यों में गये, लेकिन लौटे सिर्फ दस लाख लोग। ऐसे ही बिहार से हर साल लाखों लोग रोजी-रोटी की तलाश में बाहर के राज्यों में गये।

जनगणना 2011 के मुताबिक देश की कुल आबादी एक सौ इक्कीस करोड़ दो लाख है, जिसमें 68.84 आबादी गाँवों में रहती है और 31.16 फीसदी शहरों में। देश में शहरी इलाकों में रहने वाला हर सातवाँ व्यक्ति झुग्गी-झोपड़ी में रहने के लिए बाध्य है।

आधुनिक तकनीकी के दौर में हाथ से काम करने वाले बहुत से लोगों की रोजी-रोटी छीन गयी है जैसे—लोहार का काम करने वाले या सोने का गहना बनाने वाले लोग। अभी भी ऐसे लोगों की बड़ी तादात है जो इस तकनीक वाले व्यवसाय से अपनी रोजी-रोटी चलाते हैं। आधुनिक मशीनीकरण के दौर में वे पिछड़ रहे हैं। आज उनकी रोजी-रोटी का विकल्प तलाशने वाला कोई नहीं है। अपने गुजारे के लिए ऐसे बहुत से लोग चौराहे पर खड़े हैं। संसाधनों के अभाव में वे बाजार की प्रतियोगिता में बहुत पीछे रह गये हैं। मशीनों ने उनके मुँह का निवाला ही नहीं छीना है, बल्कि उनकी कला की जो मौलिकता थी उनका संरक्षण भी नहीं हो पाया और अपने परिवार का भरण-पोषण करने के लिए वे हर तरह का संघर्ष करने को बाध्य है। ऐसे बहुत से लोग हैं, जो हाशिये पर जा रहे हैं।

बिना विकल्पों के आये ऐसे लोगों की रोजी-रोटी मशीनों ने जिस तरह से

छीना, वह भीड़ आज विभिन्न चौराहों पर खड़े होकर गारा-मिट्टी करने को बाध्य है। ये काम करने वाले लोग अपने अस्तित्व को बचा भी नहीं पाये और उनकी रोटी भी चली गयी। भट्ठी में देह तापने वाले, बंकनाल फूँककर सोने की छोटी कड़ियों को जोड़ने वाले, आँखों से महीन कढ़ाई करने वाले सभी तो चौराहे पर खड़े हैं। शायद पेट की भूख ऐसी ही होती है, जहाँ आधुनिक तकनीकी के दौर में अपना और अपने परिवार का पेट भरने के लिए एक कलाकार/दस्तकार चौराहे पर खड़ा होकर सीमेंट, बालू ढो रहा है। न जाने कितने लोगों के हाथों से काम छीने गये हैं। गाँधी ने इन स्थितियों को बहुत पहले ही पहचान लिया था। वे जानते थे कि इतनी बड़ी जनसंख्या के लिए घरेलू और कुटीर उद्योग ही उनका जीवन चला सकता है। रोजी-रोटी मुहैया कराने वाले साधन आज संकट में हैं। बनारस के हथकरघा उद्योग, कुटीर उद्योग एवं लघु उद्योग सब बन्द होने के कगार पर हैं। चौराहे पर मजदूरों के साथ खड़े होकर सोचने पर लगता है कि रोजगार के अवसर समाप्त हो गये हैं। कई पीढ़ियों से जिन कामों को करके पूरे परिवार की रोजी-रोटी इज्जत के साथ चल रही थी, उस पर बड़ी-बड़ी कम्पनियों ने डाका डाल दिया है। कितने लोगों के हाथों से काम छीन गये, कितने लोग मन को मसोसकर चौराहों पर खड़े होकर अपनी किस्मत लड़ा रहे हैं (मजदूरों के अनुसार), उसका वास्तविक आँकड़ा ढूँढ़ने की जरूरत है। जो वस्तुएँ लघु तथा कुटीर उद्योगों में बनायी जा सकती है, उन्हें बड़े उद्योगों में बनाने की अनुमति देना बहुत बड़ी भूल और गलती है।

कृत्रिम धागों से पावरलूम पर बने कपड़ों की इजाजत के साथ-साथ करोड़ों हथकरघा बुनकरों की आजीविका छिन गयी है। वे भूखों रहने के लिए मजबूर हैं। स्थिति यहाँ तक बिगड़ चुकी है कि उनके घरों की महिलाएँ कुछ भी करने के लिए तैयार हैं।

आज पूरा दो वर्ग जो दिखायी दे रहा है, उस पर आज नहीं तो कल सोचना ही होगा। एक ओर पैसे वाले हैं तो दूसरी ओर गरीब, मेहनतकश, शिक्षा से वंचित लोगों की बहुत बड़ी भीड़ है, जिनके शोषण से कुछ दूसरे लोग खूब पैसा कमा लेते हैं। इन मजदूरों के सवालों को ओझल करना भविष्य में बहुत बड़े प्रश्नों को पैदा करना है। क्या कारण है कि जो लोग खेती करते, कपड़े बुनते, कपड़े सिलते, नालियाँ साफ करते या आटा पीसते हैं उनकी आमदनी उन लोगों से कई गुना कम है, जो केवल लेक्चर देते हैं या पूजा-पाठ जैसे काम करते हैं।

लोग चौराहे पर खड़े होकर काम माँग रहे हैं, और उन्हें काम नहीं मिल रहा है। ऐसी स्थिति में देश में आमूल परिवर्तन की आवश्यकता है। आज मानव अपने अस्तित्व की लड़ाई लड़ रहा है। तमाम प्रकार के काम करने वालों की समाज में आवश्यकता होती है तो इन मजदूरों की बेकद्री क्यों की जाती है? समाज के लिए

शारीरिक और बौद्धिक श्रम दोनों की बराबर से जरूरत होती है फिर इन शारीरिक श्रम करने वालों को कम मजदूरी क्यों दी जाती है? वर्तमान समय में आवश्यकता इस बात की है कि हर इनसान पूरी मानवीय गरिमा के साथ जी सके और अपने सम्पूर्ण मानवीय गुणों का विकास कर सकें। आज भी आबादी के साठ प्रतिशत से भी ज्यादा लोगों का जीवन खेती पर निर्भर है। चाहे वे सीधे खेती करते हों या खेती से जुड़ी अन्य गतिविधियों में लगे हों। मानव जिस तरह से निरीह बनकर चौराहों पर खड़ा है, उसके लिए आवश्यकता इस बात की है कि खेती-बाड़ी को फायदेमन्द बनाया जाए और युवाओं को इस क्षेत्र में आकर्षित करने का प्रयास किया जाए।

मुद्दा बेरोजगारी का है और यह ज्यादा खतरनाक है। यह कल्पना भी डरावनी है कि एक व्यक्ति ने जीवन के न जाने कितने वर्ष बिता दिये, लेकिन बहुत प्रयास के बाद भी उसे काम नहीं मिल पाता है। आज यह विचारणीय प्रश्न है कि बाजारवाद के इस युग में मजदूरों की मनोदशा कैसी होगी? यह बहुत बड़ा प्रश्न है कि जिनके पास जीवन जीने लायक संसाधन न हो उसे तनाव और अवसाद होना तय है। देश की बढ़ती हुई जनसंख्या को देने के लिए रोजगार न हो तो स्थिति बहुत ही गम्भीर हो जाती है। आज समाधान का रास्ता ढूँढ़ना अति आवश्यक है। यदि रोजगार के अवसर व्यापक पैमाने पर उत्पन्न नहीं किये गये तो विकास के नाम पर लेबर चौराहे पर भीड़ लगातार बढ़ती जाएगी।

चौराहे पर खड़ा लेबर क्या खाता है और कितनी मेहनत करता है, इसे महसूस करने की जरूरत है। पेट भर खुराक न मिल पाने के कारण एक व्यक्ति कमजोर हो जाता है, और इसी वजह से वह उतनी मेहनत नहीं कर पाता, जितनी वह स्वस्थ स्थिति में कर पाता। पूरी मेहनत न कर पाने से उसे ठीक से और वाजिब आमदनी भी नहीं मिल पाती है। काम नहीं मिलने से वह पहले से भी कम खुराक जुटा पाता है और ठीक से खाना-पीना नहीं होने से वह पहले के मुकाबले और ज्यादा कमजोर हो जाता है। धीरे-धीरे वह उतना मेहनत नहीं कर पाता है, जितना मेहनत उसे करना चाहिए। लेबर चौराहे पर खड़े मजदूर के पास जब शक्ति ही नहीं होगी तो वह मेहनत कैसे करेगा?

गरीबी की गणना करने का कोई सार्वभौमिक मापक विकसित नहीं किया जा सका है। कभी यह प्रतिव्यक्ति उपभोग के आधार पर किया जाता है तो कभी प्रतिव्यक्ति आय पर तो कभी कैलोरी खपत के रुप में। रंगराजन समिति ने ग्रामीण क्षेत्रों के लिए गरीबी रेखा 2011-12 में प्रतिव्यक्ति मासिक उपभोग व्यय 972 रुपये और शहरी क्षेत्रों के लिए 1407 रुपये तय किया। इस आधार पर गाँवों में प्रतिदिन 32 रुपये और शहरों में सैंतालिस रुपये खर्चने वाला गरीब नहीं है। गरीबों का एक विश्वसनीय आँकड़ा होना आज एक गम्भीर चुनौती है। देश में गरीबी,

भूखमरी और बेरोजगारी यह बहुत ही मामूली सी समस्या मालूम पड़ती है, लेकिन यह बहुत बड़ी समस्या है, जिससे प्राथमिकता के आधार पर निपटना होगा।

गाँधी जी ने कहा था कि आधुनिक विकास का अर्थ है, सभी के लिए बुनियादी जरूरतों की पूर्ति, जिनमें भोजन, आवास, कपड़े, स्वास्थ्य, शिक्षा एवं रोजगार प्रमुख है। इनको अनिवार्य रुप से पूरा करने में जो भी तकनीक मददगार हो वही भारत जैसे विशाल जनसंख्या वाले देश के लिए सही तकनीक होगी। उनका मानना था कि आधुनिक विकास का इस्तेमाल समाज के अन्तिम आदमी के हित में होना चाहिए। यही विकास की उनकी कसौटी थी।

जिस काशी के वस्त्र देश–विदेश में जाते थे, और जिसकी बहुत ज्यादा महत्ता थी उस वस्त्र को बनाने वाले आज चौराहे पर हाथ फैलाकर काम माँग रहे हैं। करघों में अब वह लय और ताल नहीं रहे। मशीनों ने उनके जीवन को इतना निष्क्रिय कर दिया है कि वे दुखी और अभाव का जीवन जीने के लिए बाध्य हैं। यहाँ लगने वाली लेबर मंडियों में रामनगर की लेबर मंडी को तो बुनकर लेबर मंडी कह सकते हैं। क्या हिन्दू, क्या मुसलमान सभी के घर में हथकरघे लगे हुए थे। सभी प्रेमभाव से हथकरघे पर कपड़े/साड़ी बीनने का काम कर रहे थे कि अचानक से उनके काम बन्द हो गये और उन्हें चौराहे पर मजदूर का काम करने के लिए बाध्य होना पड़ा। काम बन्द होने पर उन्हें लगा कि मानो उनके शरीर में जान नहीं है, और शरीर का खून जम गया है। इन मजदूरों की न तो इतनी पढ़ाई हुई है और न ही उन्हें कोई और काम सीखने का मौका मिला है, ऐसी स्थिति में रोजी–रोटी की चिन्ता में चौराहे पर खड़ा बुनकर आज हो रहे विकास पर सोचने के लिए विवश है।

वैश्वीकरण के दौर में देश के आर्थिक विकास की रफ्तार को नजरअन्दाज नहीं किया जा सकता है। इससे देश का एक तबका और उद्योग लाभान्वित हुए हैं, लेकिन दूसरा पहलू यह है कि देश का एक ऐसा वर्ग भी है जो बदलाव और तकनीक के युग में हाशिये पर जा रहा है। शहरों में जितने लोग सुविधासम्पन्न जीवन जी रहे हैं उससे कहीं ज्यादा लोग घोर गरीबी का जीवन जीने को मजबूर है। हालात के बिगड़ने के कारण बड़ी संख्या में मजदूर शहरों की ओर रुख कर रहे हैं। शहरों में भीड़ तेजी से बढ़ रही है। रोजगार की खोज में अधिकतर लोग सिर्फ मजदूरी करते हैं। इन मजदूरों का जीवन सिर्फ काम की खोज में ही बीत जाता है।

प्रेम, सद्भाव, सहयोग, करुणा, दया, दर्द, सामंजस्य, धैर्य, जाति–पाति का भेदभाव नहीं, धार्मिक मेल–मिलाप के अद्भुत समन्वय को इन लेबर चौराहों पर देखा जा सकता है। सभी मिलकर रहते हैं और सोते हैं। कोई किसी को जानता नहीं है। किसी की किसी से कोई दुश्मनी भी नहीं है, न ही कोई किसी को ढकेल कर काम पाने का प्रयास करता है। मानवीय जीवन का ऐसा सुन्दर और सरल रुप इन

चौराहों पर देखा जा सकता है। क्या हिन्दू,, क्या मुसलमान सभी मिलकर मन्दिर में सोते हैं। मन्दिर के पुजारी (पुजारी के दलाल) को तो सोने वालों से अपना पैसा चाहिए। जिस तरह का भेदभाव समाज में दिखायी पड़ता है उससे अलग रिश्ता मजदूरों के बीच में देखा जा सकता है। जिस बनारस में कई तरह के काम होते रहे हैं और यहाँ समृद्धि रही, उसी बनारस में लेबर चौराहों पर बढ़ती हुई मजदूरों की भीड़ बहुत सारे प्रश्नों को पूछ रही है। लोगों के हाथों से जिस तरह से रोजगार छीनते जा रहे हैं, और नये रोजगार की सम्भावनाएँ उस मात्रा में सृजित नहीं हुई हैं जितने होने चाहिए थे, उससे लोगों के दुःख-दर्द, मानसिक तनाव, गरीबी और असुरक्षा का पूरा आँकड़ा तैयार किया जाना चाहिए।

आज विकास की दौड़ में लेबर जिस तरह से काम पाने के लिए परेशान है, उसके बारे में कबीर ने बहुत पहले ही कह दिया था। कबीर ने कहा था—

"धीरे-धीरे रे मना, धीरे सब कुछ होय
माली सीचें सौ घड़ा ऋतु आए फल होये।।"

मन में धीरज रखने से सब कुछ होता है। लेबर यही समझाकर तो मन को ढाँढस देता है, जब उसे पन्द्रह-पन्द्रह दिन तक काम नहीं मिलता है।

कबीर ने कहा है—

जब गुण के गाहक मिले तब गुण लाख बिकाई
जब गुण को ग्राहक नहीं, तब कौड़ी बदले जाई।।

जब गुणों को परखने वाला ग्राहक मिल जाता है तो गुण की कीमत पला चलती है, पर जब ग्राहक नहीं मिलता तब गुण कौड़ी के भाव चला जाता है। शिल्पकारों के जीवन में कबीर ने यही तो देखा था। आज शिल्पकारों के कामों में ऐसी मन्दी आयी है कि उनके परिवार के आगे भूखमरी की समस्या तक आ गयी है। वे चौराहे पर खड़े होकर मजदूरी करने को मजबूर हैं। बहुत प्रयास के बाद भी आज उन्हें काम नहीं मिल रहा है।

संयुक्त राष्ट्र की वार्षिक रिपोर्ट में बताया गया है कि दुनिया में सबसे ज्यादा भूखमरी के शिकार लोग भारत में रहते हैं। वर्तमान समय में (2015) भारत में 15.2 प्रतिशत यानि करीब 19.4 करोड़ लोग भूखमरी से ग्रस्त हैं, अर्थात यह कहा जा सकता है कि दुनिया का हर चौथा भूखा व्यक्ति भारत में रहता है। रिपोर्ट में कहा गया है कि हालाँकि भारत ने भोजन से वंचित लोगों के अनुपात को घटाने की दिशा में बड़ी छलांग लगायी है, लेकिन अभी भी यह लक्ष्य से बहुत पीछे हैं। पिछले न जाने कितने वर्षों में भूख की स्थिति बहुत खराब है।

आज बहुत बड़ी आबादी भूखमरी का संकट झेल रही है। संयुक्त राष्ट्र खाद्य और कृषि संगठन की रिपोर्ट के अनुसार दुनिया में खाद्यान्न का इतना भंडार है, जो

प्रत्येक स्त्री, पुरुष और बच्चे का पेट भरने के लिए पर्याप्त है, इसके बावजूद करोड़ों लोग ऐसे हैं, जो दीर्घकालिक भूखमरी और कुपोषण की समस्या से जूझ रहे है। भारत सरकार खाद्य सुरक्षा और गरीबों की संख्या में कमी लाने के लिए तमाम योजनाएँ चला रही हैं।

आज चौराहे पर खड़े लेबर को देखकर मन में बहुत सारे प्रश्न उठ रहे हैं। एक तरफ विश्व की सबसे तेज बढ़ती अर्थव्यवस्था होने का घमंड हैं तो दूसरी तरफ चौराहों पर बढ़ती हुई मजदूरों की भीड़ है। ऐसे विकास को कैसे परिभाषित किया जाए, यह सोचने का विषय है। जिस देश में करोड़ों लोग आधा पेट खाकर सोने को विवश हों और न जाने कितने फीसदी लोगों को पोषित भोजन न मिल रहा हो, वहाँ विकास के दावे ध्वस्त नजर आते हैं। आज लोग भूख से तड़पकर जान देने को विवश हैं। विकास के इस तरह के असन्तुलन को दूर करने की आवश्यकता है।

विकास जीवन की निरन्तरता का मानक है और आज जिस तरह का विकास हो रहा है, उसे समझने की जरूरत है। एक ओर विकास का लाभ एक समुदाय के निश्चित वर्ग को मिल रहा है तो दूसरी ओर एक बहुत बड़ा वर्ग उन लोगों का तैयार हो रहा है, जो फुटपाथ पर रहने को बाध्य है। सच्चाई यह है कि विकास के वास्तविक ध्येय को भूला दिया गया है। इसके परिणामस्वरूप आपस में असमानता बढ़ी है, तथा बेरोजगारी और गरीबी में वृद्धि हुई है तथा सामाजिक सेवाओं की दशा बिगड़ रही है।

विकास का लक्ष्य गरीबी को दूर करना है। विकास इस तरह से हो कि कुपोषण, बीमारी, निरक्षरता, बेरोजगारी और असमानता में कमी आये। विकास ऐसा होना चाहिए कि देश की गरीबी समाप्त हो, लोगों को रोजगार मिले और लोग साक्षर बन सकें तथा अभावपूर्ण जीवन से बाहर निकल सकें। गरीबों में आत्मविश्वास आये और वे आत्मसम्मान के साथ आगे बढ़ सकें।

आज हर हाथ और हर गरीब को सरकार, समाज का साथ मिले, इस बात का प्रयास होना चाहिए। गरीबी के केन्द्र में वह गरीब हो जिसकी पसलियाँ गिनने योग्य हो चुकी हों। जनता की गरीबी दूर करने के लिए जीवन के प्रत्येक क्षेत्र में कठोर निर्णय आवश्यक है। अवसर की समानता सभी को मिलनी चाहिए। विकासशील देशों की मुख्य चिन्ता जीवन को चलायमान रखने की है। इन देशों में अशुद्ध पानी, गन्दगी, बीमारी आदि से जीवन खतरे में है। आज के बेतरतीब हो रहे विकास का मूल्यांकन आज नहीं तो कल करना ही होगा। बड़ी-बड़ी देशी-विदेशी कम्पनियों को बुलाकर मशीनों के द्वारा जितने भी विकास होंगे उसका लाभ कुछ निश्चित अभिजात्य वर्ग और घरानों को होगा। आम आदमी तो वहीं का वहीं जीवन की मूलभूत समस्याओं से जूझता रहेगा। भूख, गरीबी, और बीमारी से त्रस्त जिन्दगी के

लिए संघर्षरत आम आदमी विकास का क्या अर्थ होता है, इसे वह बयान नहीं कर पा रहा है। गाँधी ने मशीनों का विरोध बहुत पहले ही किया था। वे जानते थे कि इन मशीनों के प्रयोग से देश के करोड़ों-करोड़ लोग बेरोजगार हो जाएँगे और उनके सामने रोजी-रोटी की समस्या उत्पन्न हो जाएगी।

गाँधी जी ने 'हिन्द स्वराज' में लिखा है कि 'जब मैं जनता हूँ कि यह शरीर भी एक बहुत ही नाजुक यन्त्र ही है, छोटी दाँत कुदेरनी भी यन्त्र है। मेरा विरोध यन्त्रों के लिए नहीं है, बल्कि यत्रों के पीछे जो पागलपन चल रहा है, उसके लिए है। आज जिन्हें मेहनत बचाने वाले यन्त्र कहते हैं, उनके पीछे लोग पागल हो गये हैं। उनसे मेहनत जरूर बचती है, लेकिन लाखों लोग बेकार होकर भूखों मरते हुए रास्तों पर भटकते हैं। समय और श्रम की बचत तो मैं भी चाहता हूँ, परन्तु वह किसी खास वर्ग की नहीं, बल्कि सारी मानव जाति की होनी चाहिए। कुछ गिने-गिनाए लोगों के पास सम्पत्ति जमा हो, ऐसा नहीं, बल्कि सबके पास हो, ऐसा मैं चाहता हूँ। आज तो करोड़ों की गरदन पर कुछ लोगों के सवार हो जाने में यन्त्र मददगार हो रहे हैं। यन्त्रों के उपयोग के पीछ जो प्रेरक कारण हैं, वह श्रम की बचत नहीं हैं, बल्कि धन का लोभ है। आज की इस चालू अर्थव्यवस्था के खिलाफ मैं अपनी तमाम ताकत लगाकर युद्ध चला रहा हूँ।'' (हिन्द स्वराज)

गाँधी जी ने ''हिन्द स्वराज'' में लिखा है कि मेरा उद्देश्य तमाम यन्त्रों को नाश करने का नहीं है, बल्कि उनकी हद बाँधने का है। गाँधी जी ने लिखा है, एक बात मैं साफ कहना चाहूँगा, हम जो कुछ करें, उसमें मुख्य विचार इनसान के भले का होना चाहिए। ऐसे यन्त्र नहीं होने चाहिए, जो काम न रहने के कारण आदमी के अंगों को जड़ और बेकार बना दें। धन के पीछे आज पागल दौड़ चल रही है। मजदूरों को सिर्फ अच्छी रोजी मिले, इतना ही बस नहीं है।

गाँधी जी ने लिखा है—''टेढ़े तकुवे को सीधा बनाने वाले यन्त्र का मैं बहुत स्वागत करूँगा, लेकिन लोहारों का तुकुवे बनाने का काम ही खतम हो जाए, यह मेरा उद्देश्य नहीं हो सकता। जब तकुवा टेढ़ा हो जाए, तब हर एक कातने वाले के पास तकुआ सीधा कर लेने के लिए यन्त्र हो, इतना ही मैं चाहता हूँ। इसलिए लोभ की जगह हम प्रेम को दें, तब फिर सब अच्छा ही अच्छा होगा।''

गाँधी जी ने लिखा है कि मैंचेस्टर को दोष कैसे दिया जा सकता है? हमने उसके कपड़े पहने तभी तो उसने कपड़े बनाए। बंगाल में कपड़ों की मिले नहीं है, इसलिए लोगों ने अपना असली धन्धा फिर से हाथ में ले लिया। बंगाल ने तमाम मशीनों से परहेज किया होता, उनका बायकाट, बहिष्कार किया होता तो और भी अच्छा होता। (हिन्द स्वराज, गाँधी जी)

''बम्बई की मिलों में जो मजदूर काम करते हैं, वे गुलाम बन गये हैं, जो

औरतें उनमें काम करती हैं, उनकी हालत देखकर कोई भी काँप उठेगा। जब मिलों की वर्षा नहीं हुई थी, तब वे औरतें भूखों नहीं मरती थीं। मशीन की यह हवा अगर ज्यादा चली तो हिन्दुस्तान की बुरी दशा होगी।''

हमें यह स्वीकार करना होगा कि अंग्रेजी राज्य को यहाँ टिकाएँ रखने वाले ये धनवान लोग ही हैं। ऐसी स्थिति में ही उनका स्वार्थ सधेगा। पैसा आदमी को हीन बना देता है। ऐसी दूसरी चीज दुनिया में विषय भोग है। ये दोनों विषय विषमय है। उनका डंक साँप के डंक से ज्यादा जहरीला है। जब साँप काटता है तो हमारा शरीर लेकर हमें छोड़ देता है। जब पैसा या विषय काटता है, तब वह शरीर, ज्ञान, मन सब कुछ ले लेता है तो भी हमारा छुटकारा नहीं होता। इसलिए हमारे देश में मिलें, कायम हों, इसमें खुश होने जैसा कुछ नहीं है।

उपरोक्त जिन मिलों का विरोध गाँधी जी ने बहुत पहले किया था, वैसी न जाने कितनी मिलें आज देश में स्थापित हो रही हैं। ऐसा नहीं है कि उनका इस देश और देश के लोगों से प्रेम है, इसलिए वे यहाँ चले आये। इन बड़ी-बड़ी कम्पनियों को बुलाकर सरकारें अपनी जिम्मेवारियों से बचती रही हैं। आम आदमी जहाँ था, आज भी वह वहीं फँसा हुआ है। श्रम और श्रमिक दोनों तिरस्कृत तथा अवहेलित हैं। उनकी सुध लेने वाला कोई नहीं है। आज देश में विकास की पूरी दिशा और उसकी धुरी को समझने की जरूरत है। करोड़ों-करोड़ हाथ मशीन के आगे बेकार हो चुके हैं। गाँधी ने जिन मशीनों का विरोध बहुत पहले किया था, आज उन मशीनों ने करोड़ों हाथों के मुँह का निवाला छीन लिया है। व्यक्ति चौराहे-चौराहे पर पसरी लेबर मंडी में इस आस में खड़ा है कि आज शायद मंडी में कुछ काम आएगा और उसे तथा उसके परिवार के मुँह में आधी रोटी का निवाला मिलेगा। श्रम के चौराहे की भीड़ में वह बिल्कुल अकेला है। कोई किसी को नहीं पहचानता। पर्यावरण से बेखबर लेबर जिन चौराहों पर काम करने के लिए खड़ा होता है, वहाँ न तो छाँह है, न पेड़ है और न ही पर्याप्त जगह है। बनारस शहर में लगने वाली हर लेबर मंडी में मौलिक जरूरतों की स्थिति अच्छी नहीं है। शौचालय और पानी तो दूर की बात है। लेबर चौराहे के मजदूर की स्थिति यह है कि वह जहाँ भी खड़ा होता है, वहाँ से भगाया जाता है। दुकानों के आगे से ढकेला जाता है। पुलिस डंडा पटक-पटक कर भाग जाने के लिए कहती है। कोई पानी का छींटा देकर भगाता है तो कोई भद्दी गालियाँ देकर भगाता है। उनके पारम्परिक काम/रोजगार सब छीन लिये गये हैं। देशी/विदेशी कम्पनियों ने हर घर में घुसने का प्रयास किया है। ऐसा नहीं है कि उन्होंने अपने पैरों को शहरों तक ही सीमित रखा हो, वे गाँवों तक घुस चुके हैं। गाँवों में घुसकर इस देश की मूलभूत व्यवस्था को भी ध्वस्त कर दिया है। कुछ काम मशीनों की भेंट चढ़ गये हैं तो कुछ कामों पर नव-धनाढ्यों ने कब्जा कर लिया है।

गतिशील दिहाड़ी का मानवीय श्रम हाशिये पर चला गया है। आखिर वह ग्रामीण मानव जो वहीं रह कर अपना रोजगार, काम धन्धा ढूँढ़ लिया करता था, उसके सामने जिस तरह की भुखमरी उत्पन्न हो गयी है, उसकी ओर ध्यान कौन देगा? लोहार, सुनार, कुम्हार, शिल्पकार, चर्मकार, घरों में नमकीन बनाकर बेचने का काम करने वाले, स्वच्छ पेठा बनाकर बेचने का काम करने वाले आदि न जाने कितने काम थे जो मशीन द्वारा होने लगे।

आज किसी भी चौराहे पर पेड़ तक नहीं है, जिसके नीचे खड़े होकर वह अपने काम की खोज कर सके। लेबर तपती धूप में सूरज की सीधी किरणों से अपना बदन भेदवाने को मजबूर रहते हैं। काम की चाह तमतमाती धूप की वेदना को कमतर करती रहती है। समाज तो प्रत्येक इनसान को अवसर देता है कि वह अपनी योग्यता के अनुरुप काम ढूँढ़ ले, लेकिन क्या आज वह माहौल है? शायद नहीं। एक तो बड़ी-बड़ी मुनाफाखोर कम्पनियाँ खड़ी हैं, दूसरी ओर उनसे यह कहा जा रहा है कि किसी भी कल्याणकारी योजनाओं वे नहीं फँसे। उद्योगों से छँटनी अलग से हो रही है। आखिर ऐसे विकास से किसका लाभ हो रहा है? आज इस विकास ने मानव की स्थिति कैसी बना दी है, यह सोचने का विषय है? कोई शहर से तो कोई गाँव से चलकर काम ढूँढ़ने आया है। कुछ भी, कोई भी काम मिल जाए। वह तो कब्र खोदने से लेकर मुर्दा ढोने तक का काम करने को तैयार है। उसे जीवन यापन के लिए पैसे जो कमाने हैं। यदि आज वह कमाएगा नहीं तो उसके बीबी, बच्चों तथा परिवार के अन्य लोग क्या खाएँगे? मजदूर जिन परिस्थितियों में काम करता है, उसके बारे में उसे स्वयं नहीं मालूम कि यह काम कितना अस्वास्थ्यकर है। गाँवों में रहकर जो मजदूर बटाई पर लेकर खेती करते हैं, या दूसरों के खेतों पर बुवाई या कटनी-पटनी करते हैं, वह भी कम दुखदायी नहीं होता है। मालिक (जिनके खेतों पर मजदूर काम करते हैं) तरह-तरह के अत्याचार करते रहते हैं, उनकी जो मजदूरी होती है, उसमें कटौती करके देते हैं, और यदि यह सोचा जाए कि गाँव में रहने वाले व्यक्ति की जरूरतें खेती से ही पूरी हो जाएगी तो यह बहुत बड़ी भूल होगी। वर्ष 2014 की नेशनल सैम्पल सर्वे आर्गेनाइजेशन की रिपोर्ट बताती है कि एक किसान परिवार की अपनी कृषि गतिविधियों से औसत मासिक आय मामूली 3078/- रुपये हैं। अपनी जरूरतें पूरी करने के लिए एक किसान परिवार को मनरेगा समेत कुछ अन्य गैर कृषि कार्य करने पड़ते हैं। आश्चर्य नहीं कि 58 फीसदी किसान भूखे पेट सोते हैं और मौका मिले तो 76 फीसदी किसान किसानी छोड़ना चाहते हैं। अगर किसानों को उनके उत्पाद की सिर्फ पूरी कीमत दे दी जाती तो कृषि संकट इतना गहरा नहीं होता।

माना यह जा रहा है कि सन् 2030 तक भारत की आबादी के लगभग पचास

फीसदी लोग शहरी इलाकों में रहने लगेंगे। आबादी के इतने भारी पलायन से शहरों में रहना अविकसित बस्तियों में रहने जैसा होगा। मुम्बई की आबादी के 60 प्रतिशत लोग झुग्गी-झोपड़ी तथा मलिन बस्तियों में रहते हैं। शहरों में मजदूरों की बढ़ती हुई जनसंख्या देखकर उनके प्रति सोच में बदलाव लाने की जरूरत है। आज ग्रामीण क्षेत्रों को आर्थिक रुप से सम्पन्न बनाने की जरूरत है।

वर्तमान समय में मजदूर किन परिस्थितियों में जी रहा है, उस ओर देखने की फुर्सत किसी के पास नहीं है। जिन कच्चे घाटों पर मजदूर सोते हैं, वहाँ रात में कुत्ते और सुअर घूमते हुए उनका पैर और मुँह सूँघ जाते हैं। आखिर यह विकास का कौन सा मॉडल है, जिसमें गाँव में घास-फूस की छत के नीचे रहने वाले शहरों में नीले आसमान के नीचे कुत्ते और सुअर के झुंड के साथ जिन्दगी जीने को बाध्य हैं। गरीबी मिटाओ का नारा और गरीबों के लिए राष्ट्रीय कार्यक्रम कोई नया नहीं है। सत्तर के दशक में इन्हीं नारों पर सरकारें बना करती थीं। आज यह सोचने का विषय है कि तमाम गरीबी घटाने सम्बन्धी कार्यक्रमों के बावजूद गरीबों की संख्या में वांछित कमी नहीं आ पा रही है और पूँजी तथा साधन कुछ लोगों के हाथों में केन्द्रित होता जा रहा है।

आज जो भी आर्थिक विकास के कार्यक्रम बन रहे हैं उसका लाभ मुट्ठी भर लोगों को ही मिल पा रहा है। जो भी योजनाएँ बन रही हैं, उसका लाभ ज्यादा आमदनी, ज्यादा साधन और ज्यादा सुविधाओं वाले लोगों को ही मिलता है। जो लोग गरीब थे, वे आज भी उसी स्थिति में रहने को मजबूर हैं। जिसे लोग गरीब असहाय कहते हैं, उनके लिए काम के अवसर लगातार घट रहे हैं। यहाँ तक कि बड़ी-बड़ी मशीने सड़क से धूल तक हटाने के काम में मदद कर रही हैं। जब सफाई, धुलाई, प्लास्टर, खेतों की जुताई, कटाई आदि श्रम मूलक काम मशीनें करेंगी तो इनसान के हाथों का काम तो छिनेगा ही। गाँधी जी ने इस देश की जनता, हालत और इसके मनोविज्ञान को बहुत पहले ही जान लिया था।

श्रम से जुड़े सवाल बहुत सारे हैं और चौराहे पर खड़े लेबर के दु:ख-दर्द को श्रम के परिप्रेक्ष्य में समझना जरूरी है। योजना बनाते समय देश के गृह उद्योगों और कुटीर उद्योगों को बचाने के लिए यदि ठीक से प्रयास किये जाते हैं तो हर हाथ इतने बेकार नहीं होते और न ही वे इस चौराहे से उस चौराहे तक काम ढूँढ़ने के लिए मजबूर हुए होते। सच्चाई यह है कि आज पराजित इनसान हर ओर से ढकेला जा रहा है। लेबर मंडी में जाकर देखा जाए तो निरर्थक हो चुकी शिक्षा क्या होती है, यह पता लग जाएगा। बी.ए., एम.ए. करके देश का युवा लेबर मंडी में खड़ा है, और वहाँ कोई काम नहीं है। स्कूटर या मोटरसाइकिल से जब कोई व्यक्ति काम कराने के लिए दिहाड़ी पर लेबर लेने आता है तो उसके पीछे एक पूरी भीड़ दौड़ती है। काम

कराने वाला कम से कम पैसे में बढ़िया लेबर पाने का प्रयास करता है। भूख और गरीबी से परेशान जिसे काम की जरूरत होती है, वह कम मजदूरी में भी तुरन्त तैयार हो जाता है। चाहे उसे कम ही पैसे क्यों न मिले। ठिकाने से उजड़ा आदमी यूँ ही दरबदर काम करता है।

आज कर्मचारियों की संख्या लगातार कम करने की बात की जा रही है। आखिर उनका जीवन यापन कैसे होगा? मजदूरों ने स्वयं कहा कि आज ऐसी योजना बनायी जा रही है कि मजदूरों की मजबूरी का फायदा उठाते हुए मजदूरों को ही हटा दिया जाए। भूख और गरीबी को मिटाने के लिए काम के नये अवसरों का सृजन आवश्यक है। गाँवों में और शहरों में काम के अवसरों को कैसे सृजित किया जाए यह एक महत्त्वपूर्ण मुद्दा है।

गरीबी हटाओ का नारा तो अच्छा है, मगर गरीबों की हालत आज भी नहीं सुधरी है, बल्कि गरीबी की रेखा से नीचे जीने वालों की संख्या लगातार बढ़ती जा रही है। इसका उदाहरण है—लेबर चौराहे पर खड़ा लेबर धूप, बरसात और भीषण ठंड में वह चौराहे पर खड़ा है कि शायद उसे कोई काम मिल जाए और शाम की रोटी का जुगाड़ हो जाए। उसके पास किसी तरह का प्रशिक्षण भी नहीं है। उसके मन और बेमन का भी उसके लिए कोई मायने नहीं है। लेबर चौराहे पर खड़े होकर उसे जो काम मिल जाता है, वह हैं ईंटों की ढुलाई, सीमेंट बालू की ढुलाई, मिस्त्री जब काम कर रहा हो तो सामानों को पकड़ाना, पलस्तर में सहयोग करना, मकानों को तोड़ना, सामानों को इधर-उधर करना, ईंटों को पकड़ाना, धूल-मिट्टी की सफाई करना, गड्ढों को खोदना, गड्ढों को भरना, सीमेंट, बालू का मसाला तैयार करना, सामानों को उतारना-चढ़ाना, हलवाई के साथ शादी-व्याह, मृत्यु में खाना बनाने में सहयोग करना, मुर्दे के लिए कब्र खोदना, गमलों को रंगना, पंखे पोंछना, काम नहीं मिलने पर मुर्दे को ढोने के लिए तैयार हो जाना, पार्कों की सफाई करना तथा लोगों के घरों में जाकर वे जो भी काम कहे, उसे करना आदि काम उन्हें मिल जाता है। कभी-कभी तो स्थिति यह होती है कि उन्हें महीनों काम नहीं मिलता है। सबसे दुखद पहलू यह है कि लेबर चौराहे के मजदूरों की शिक्षा कितनी है यह देखने की फुर्सत किसी के पास नहीं है। न कोई व्यक्ति, न सरकार और न ही स्वयंसेवी संगठन। सच्चाई यह है कि समाज के किसी व्यक्ति के पास उनके बारे में सोचने का समय नहीं है। केवल खेती से परिवार का खर्च नहीं चलने के कारण वह न जाने कहाँ से कहाँ तक ढकेला गया है? गुजरात, आन्ध्र प्रदेश, गोवा, सूरत, दिल्ली, पंजाब, शिमला आदि न जाने वह कहाँ से कहाँ तक काम के लिए घूमकर फिर चौराहे पर खड़ा है। यह विकास आखिर कैसा है? सबसे दु:खद स्थिति यह है कि इनसान मंडी में अपने श्रम को बेचने आया है, लेकिन उसके पास काम नहीं है। श्रम

का खरीदार मशीन में व्यस्त है। सुबह बहुत जल्दी आकर मंडी में खड़े मजदूर को यह लगता है कि कम से कम शायद आज तो काम मिल जाएगा, लेकिन जब उसे काम नहीं मिलता तो घर जाकर बच्चों से नजरें मिलाना मुश्किल होता है। किसी तरह उधार लेकर वह बच्चों को नमक, रोटी ही खिला पाता है। ऐसे कई लोग मिले जो गंगा की लहरों को गिनकर अपना दिन बिता देते हैं, इधर-उधर घूमकर भी उनका दिन बीत जाता है।

उदारीकरण के नाम पर आज देशी और ग्रामीण काम अपने अस्तित्व के लिए जूझ रहे हैं। खेती की जमीन पर बड़ी-बड़ी कम्पनियों के बढ़ते लालच, बढ़ते शहरीकरण और भूमि अधिग्रहण कर कम्पनियों की नियत से गाँवों के लोगों का पलायन और तेजी से बढ़ने वाला है। आज किसान मालिक से मजदूर बनता जा रहा है। गाँवों में लोग जो भी काम कर रहे थे, उनको बचाने का प्रयास नहीं किया गया और मजबूरीवश लोग चौराहे पर खड़े होकर हाथ पसारे काम की खोज में निकल पड़े। छोटी-बड़ी कम्पनियाँ उनके हाथों के कामों को लील गयीं।

महात्मा गाँधी ने गाँवों के मनोविज्ञान को समझते हुए कहा था कि ''यदि ग्रामोंद्योग का लोप हो गया तो गाँवों का सर्वनाश हो गया समझिये।'' देश महात्मा गाँधी की चेतावनी को याद नहीं रख सका और उसका परिणाम यह हो रहा है कि लेबर चौराहे पर मजदूरों की संख्या लगातार बढ़ती जा रही है। खेती में न तो पूरे वर्ष तक काम होता है, और न ही लोगों का केवल खेती से प्राप्त अनाज से खर्च चल पाता है। फिर खेती में भी मशीनों का दखल हो चुका है। इन सब स्थितियों को देखते हुए गाँवों को अपनी पुरानी पद्धति और जीवन शैली पर लौटना होगा। देश में परम्परागत ग्रामोद्योग देश की पहचान रहे हैं। किस तरह से हथकरघा पर बनारसी साड़ी का काम देखते-देखते खत्म होने के कगार पर है और ये दश्तकारी का काम करने वाले लोग रिक्शा चला रहे, ट्राली खींच रहे हैं और लेबर मंडी में खड़े होकर मजदूरी करने को बाध्य है। आखिर यह कैसा विकास है? गाँवों के उद्योग ही हमारी पहचान रहे हैं। न जाने ऐसे कितने ग्रामोद्योग रहे हैं, जिनसे अपने देश की पहचान बनती है। कश्मीर के शॉल, जयपुरी रजाई, बनारसी साड़ी, मेरठ की कैंची, रामपुरी चाकू, लखनऊ की चिकनकारी आदि ऐसे कितने ही कुटीर और परम्परागत उद्योग है, जिससे करोड़ों लोगों को काम या उनके हुनर को पहचान मिला हुआ है। इन कामों को करने के साथ-साथ उनकी अपनी जड़ों से जुड़ाव भी बनी रहती है। क्षेत्रीय स्तर पर किसी को काम भी मिलता रहता है और प्रत्येक व्यक्ति की उस के साथ पहचान भी बनी रहती है। गाँवों में लगने वाले साप्ताहिक बाजार से गाँव वालों की बहुत सारी जरूरतें पूरी होती रही है। यदि उन बाजारों को परिष्कृत किया जाए और गाँव की आवश्यकता के सामानों का उत्पादन करके इन बाजारों में बेचा जाए तो

लेबर चौराहों पर लगने वाली बड़ी भीड़ से बचा जा सकता है। गाँव के प्रत्येक हाथ को काम देने के लिए जरूरी है कि प्रत्येक गाँव में ग्राम–हाट बनाये जाने चाहिए, ताकि अपने माल का वह शिल्पकार के रूप में स्वयं मालिक बने न कि मजदूर। शहरों में आकर बिना किसी दिशा के फुट (फुटपाथ) पर सोने वालों की संख्या जिस तरह से लगातार बढ़ती जा रही है, वह किसी भी राष्ट्र के विकास में बहुत बड़ी चुनौती है।

सच पूछा जाए तो ग्रामोद्योगों को बढ़ावा देने और संरक्षण देने की कोई योजना और कोशिश कभी भी ठीक से नहीं हुई है। आज भी इसके लिए कोई प्रयास नहीं किये जा रहे हैं। जो भी ग्रामोद्योग चल रहे थे, उन्हें भी तोड़ने के लिए बड़ी–बड़ी कम्पनियाँ खड़ी हो गयी हैं। इन बड़ी कम्पनियों ने ग्रामोद्योग को खत्म करने के लिए हर तरह के हथकंडे अपनाये हैं। न जाने ऐसे कितने कुटीर–उद्योग हैं जो गाँवों के हाथ से निकल चुके हें। आज ग्रामीणों को गाँव में ही रोजगार देने की योजना होनी चाहिए, तभी कोई भी युवा शहर में आकर भटकेगा नहीं और अपनी रोजी, रोटी, सम्मान और प्यार वहीं पाकर सम्मानपूर्ण जीवन जी सकेगा। शहरों में बड़ी–बड़ी फैक्ट्रियाँ स्थापित करने से अच्छा है कि हर गाँव में गाँव की आवश्यकता के अनुसार 'ग्रामीण हाट' स्थापित किया जाए जहाँ हर व्यक्ति मालिक हो न कि शहरों में आकर भटकता हुआ मजदूरी करने के लिए बाध्य हो। छोटी–छोटी सस्ती मिठाइयाँ, भूने चने, स्वादिष्ट पापड़, स्थानीय पेय पदार्थ, चनाजोर गरम, आदि न जाने कितने स्थानीय सामान दोने–पत्तें में मिलते थे, जिसे बड़ी–बड़ी कम्पनियों ने एक झटके में ही लील लिया। सबसे बड़ी बात तो यह है कि जिन प्लास्टिक की पन्नियों में ये सामान मिल रहे हैं, उससे पर्यावरण की हानि सबसे ज्यादा हो रही है। एक तो लोगों के हाथों से काम छीने गये हैं तो दूसरी ओर प्लास्टिक की पन्नियों ने जिस तरह से खेतों तक को बर्बाद किया है, उसकी चर्चा आज नहीं तो कल अवश्य करनी होगी। ऐसा विकास और लोगों के हाथों से काम का छिनना देश के लिए चिन्ता का विषय है।

गाँधी जी ने हरिजन सेवक में 30.11.1934 को लिखा था कि ''ग्रामोद्योग की योजना के पीछे मेरी कल्पना तो यह है कि हमें अपनी रोजमर्रा की आवश्यकताएँ गाँवों की बनी चीजों से ही पूरी करनी चाहिए और जहाँ यह मालूम हो कि अमुक चीजें गाँवों में मिलती ही नहीं, वहाँ हमें यह देखना चाहिए कि उन चीजों को थोड़े परिश्रम और संगठन बनाकर गाँव वाले उनसे कुछ मुनाफा उठा सकते हैं या नहीं। मुनाफे का अंदाज लगाने में हमें अपना नहीं, किन्तु गाँव वालों का ख्याल रखना चाहिए। सम्भव है कि शुरु में हमें साधारण भाव से कुछ अधिक देना पड़े और चीज हल्की मिले। पर अगर हम उन चीजों को बनाने वालों के काम में रस लें और यह

आग्रह रखें कि वे बढ़िया से बढ़िया चीजें तैयार करें और सिर्फ आग्रह ही नहीं रखें, बल्कि उन लोगों को पूरी मदद भी दें, तो यह तो नहीं हो सकता कि गाँवों की बनी चीजों में दिन-प्रतिदिन तरक्की न होती जाए।''

गाँधी जी ने हरिजन सेवक में 1936 में लिखा है कि हमें इस बात की सबसे ज्यादा कोशिश करनी चाहिए कि गाँव हर बात में स्वावलम्बी और स्वयंपूर्ण हो जाए। वे अपनी जरूरतें पूरी करने भर के लिए चीजें तैयार करें।

चौराहों पर बढ़ते हुए लेबर (मजदूर) और उनके रहने, खाने, शौचालय, नहाने तथा सोने की जो स्थिति है उस पर बिना देर किये सोचने और कुछ करने की जरूरत है। गाँधी ने इस देश को बहुत नजदीक से देखा और पहचाना था। उन्होंने हरिजन सेवक में 1840 में लिखा है कि ''हमें गाँवों वाला भारत और शहरों वाला भारत इन दो में से एक को चुन लेना हैं। गाँव उतने ही पुराने हैं, जितना कि यह भारत पुराना है। शहरों को विदेशी आधिपत्य ने बनाया है। जब यह आधिपत्य मिट जाएगा, तब शहरों को गाँवों के मातहत होकर रहना पड़ेगा। अगर स्वराज्य की रचना अहिंसा के पाये पर करनी है तो गाँवों को उनका उचित स्थान देना होगा। बनारस में कुछ समय पहले तक हथकरघे चलाने वालों की संख्या बहुत थी, अपने काम से महिला और पुरुष दोनों खुश थे। अपने करघे, साड़ियों तथा अपने काम के जो मालिक थे, वे आज चौराहों पर हाथ पसारे काम की खोज के लिए खड़े हैं। जिनकी न जाने कितनी पीढ़ियों ने दशतकारी का काम किया, उनके हथकरघे पावरलूम के आगे फे ल हो चुके हैं। उनकी बाध्यता, उनके जीवन का दर्द समझने वाला कौन है? विकास के नाम पर बुनकरों की रोजी-रोटी से खिलवाड़ को कौन बर्दाश्त कर सकता है? वह तो अपनी तथा अपने परिवार की इज्जत बचाने के लिए देश के विभिन्न शहरों में जाकर रिक्शा चला रहा है, ट्राली खींच रहा है, या अपने ही शहर में रहकर लेबर चौराहे पर खड़ा होकर कोई भी काम पाने का इन्तजार कर रहा है। चौराहे पर खड़े लेबर के पास हर तरह का दर्द है। लेकिन इस दर्द की कहानी वह कहे तो किससे कहे? पुश्तैनी धन्धा बन्द होने से बुनकर तो रिश्तेदारों को देखकर अपना मुँह तक छिपा रहा है। जो लोग दूसरे शहर या राज्यों से आकर यहाँ काम ढूँढ़ रहे हैं, वे घर में भी नहीं बताते हैं कि शहर में वे क्या काम करते है? बच्चों और पत्नी के आगे उसे झूठ बोलना पड़ता है। जिन बुरी स्थितियों में मजदूर शहरों में आकर जीवनयापन कर रहे हैं, वह दिल दहलाने वाला है। बाहर से आया व्यक्ति जब घर से यह कहकर चलता है कि वह शहर कमाने जा रहा है, तो उसे स्वयं नहीं मालूम होता है कि वह शहर में क्या कर पाएगा? उसे काम मिलेगा भी कि वह भूखा ही सोएगा?

शहरों में बढ़ती हुई बेतहाशा भीड़ और अव्यवस्थित जीवन पूरे देश के लिए

खतरे का संकेत है। इसे विकास तो कत्तई नहीं कहा जा सकता है। गाँधी जी ने रचनात्मक कार्यक्रम में लिखा है कि हाथ से पीसना, हाथ से कूटना और पछोरना, साबुन बनाना, चमड़ा तैयार करना, तेल पेरना और इस तरह के सामाजिक जीवन के लिए जरूरी और महत्त्व के दूसरे धन्धों के बिना गाँवों की आर्थिक रचना सम्पूर्ण नहीं हो सकती। गाँधी जी ने कहा कि जब हम गाँवों के लिए सहानुभूति से सोचने लगेंगे और गाँवों की बनी चीजें हमें नहीं जँचेंगी और हम ऐसी राष्ट्रीय अभिरूचि का विकास करेंगे, जो गरीबी, भूखमरी और आलस्य या बेकारी से मुक्त नये हिन्दुस्तान के आदर्श के साथ मेल खाती होगी।

गाँधी जी ने हरिजन सेवक में लिखा है कि 'हमारे गाँवों का चमड़े का धन्धा उतना ही प्राचीन है जितना कि स्वयं भारतवर्ष। यह कोई नहीं बतला सकता है कि चमड़ा कमाने का यह धन्धा कब अनादर की चीज समझा जाने लगा। वह कुदिन ही होगा जिस दिन से इस अभागे देश में परिश्रम को लोग घृणा की दृष्टि से देखने लगे होंगे और इस प्रकार उसकी उपेक्षा करने लगे होंगे। लाखों-करोड़ों मनुष्य जो दुनिया के हीरे थे और जिनके उद्योग पर यह देश जी रहा था, नीच समझे जाने लगे और ऊपर से बड़े दिखने वाले थोड़े से आदमियों का वर्ग प्रतिष्ठित समझा जाने लगा। इसका दुखद परिणाम यह हुआ कि भारत को नैतिक और आर्थिक दोनों ही प्रकार की भारी क्षति पहुँची। भारत के पास कौन से साधन नहीं है? उसका सुन्दर जलवायु, उसके गगनचुम्बी पर्वत, उसकी विशाल नदियाँ और उसका विस्तृत समुद्र। ये सब ऐसे असीम साधन हैं कि अगर इन सबका पूरा-पूरा उपयोग किया जाए तो इस स्वर्ण देश में दारिद्रय और रोग आये ही क्यों?'

गाँधी जी ने इस देश के लोगों के मनोविज्ञान को जितनी गहराई से जाना और समझा उस पर विचार करने की जरूरत है। शहरों में आकर फुट (फुटपाथ) पर सोना, अपने सम्मान को छोड़कर कोई भी काम करने के लिए तैयार हो जाना, जिन गाँवों में मजदूर रहता है, वहाँ से पत्नी, माता-पिता और बच्चे को छोड़कर आना, शहरों की आपाधापी में कोई भी अपना नहीं होना, भीड़ भरी जिन्दगी में अकेले सुख-दुःख को सहना, एक राज्य से दूसरे राज्य में कमाने के लिए जाना और काम न मिलने पर जिन्दगी का निरर्थक लगना आदि न जाने कितने प्रश्न हैं, जिसका जवाब आज नहीं तो कल अवश्य देना होगा।

एक ओर शहरों में ऊँची-ऊँची इमारते खड़ी हो रही हैं, तो दूसरी ओर फुटपाथ पर सोने वालों की संख्या लगातार बढ़ती जा रही है। लेबर मंडी में रोज नये-नये चेहरे दिखायी पड़ते हैं। चार नये व्यक्ति चौराहे पर आते हैं तो पाँच कुछ दिनों के लिए घर जा चुके होते हैं। घर परिवार की चिन्ता सभी को सताती रहती है। देश में जिस तरह से विकास हो रहा है, उससे परिवांरों का पेट नहीं भर पा रहा है।

परिवार भूखे हैं पिता बच्चों से नजरे नहीं मिला पा रहा है। उसे चाहकर भी काम नहीं मिल रहा है। लेबर सुबह से इस चौराहे से उस चौराहे तक काम के इन्तजार में खड़ा है। काम मिला तो ठीक और नहीं मिला तो आखिर एक अंजान शहर में किसके आगे हाथ फैलाये?

आज जो तथाकथित विकास हो रहा है, वह लोगों पर लादा जा रहा है। इससे सीमित लोगों को असीमित लाभ हो रहा है। जनता के कलेजे पर चढ़कर जिस तरह के विकास की कल्पना की जा रही है, उससे आम जनता का फायदा नहीं होने वाला है। लेबर, चौराहे पर खड़ा होकर काम ढूँढ़ रहा है। उसके जीवन के रस को तो इस विकास ने निचोड़ लिया है। जिस तरह का भटकाव लोगों के जीवन में आ रहा है, उसका समाधान आखिर कैसे ढूँढ़ा जाएगा?

इसीलिए गाँधी जी ने लिखा है कि ''चरखा मुझे जनसाधारण की आशाओं का प्रतीक मालूम होता है। चरखे को खोकर उन्होंने अपनी आजादी, जैसी कुछ भी थी खो दी। चरखा देहात की खेती की पूर्ति करता था और उसे गौरव प्रदान करता था। वह विधवाओं का मित्र और सहारा था। वह देहातियों को आलस्य से बचाता था। चरखे से गाँव आत्मनिर्भर थे। चरखे के चले जाने पर तेलघानी आदि दूसरे ग्रामोद्योग भी खत्म हो गये । इन धन्धों की जगह और किसी धन्धे ने नहीं ली। इसलिए गाँवों के विविध धन्धे उनकी उत्पादक प्रतिभा और उनसे होने वाली थोड़ी आमदनी, सबका सफाया हो गया।

आज चौराहों-चौराहों पर खड़ी भीड़ को देखकर लगता है कि ''गाँधी का देश आखिर कहाँ जा रहा है? कितने दुख की बात है कि आज का विकास जितने हाथों को काम दिलाता है, उससे अधिक हाथों से काम छीन लेता है।

संयुक्त राष्ट्र के मुताबिक भारत में उन्नीस करोड़, चालीस लाख भूखे लोग हैं। देश की आबादी का पाँचवाँ हिस्सा गरीबी रेखा से नीचे रहता है। हाशिये पर रहने वाले लोग हर आपदा में मरते हैं। लेकिन आजादी के इतने वर्ष बाद भी इस ओर लोगों का ध्यान नहीं है। आज हर काम के लिए मशीनें आ गयी हैं और उन मशीनों ने उनके मुँह का निवाला छीन कर मजदूरों का काम हड़प लिया है। विकास और तकनीक ठीक है, लेकिन इससे जो बेरोजगारी बढ़ी हैं, उससे कैसे निबटा जाएगा? बिना किसी वैकल्पिक रोजगार के आये जिस तरह से विकास के नाम पर ट्रैक्टर, थ्रेसर और जेसीबी मशीनें आयी उससे लोगों का धन्धा ही चौपट हो गया।

देश जिस मोड़ पर खड़ा है, और मजदूरों के हाथों का काम जिस तरह से छिनता जा रहा है, उस पर मौन रहने की जरूरत नहीं है। देश के नीति निर्माताओं ने देश के निर्माण का भाषण देकर लोगों के पुश्तैनी काम तक छीन लिये हैं। देश की बहुत बड़ी आबादी के जीने का आधार कृषि है, लेकिन नीति निर्माताओं का ध्यान

खेती और किसानों पर बहुत कम है।

आज जिस तरह का विकास हो रहा है, उससे केवल इनसान का ही शोषण नहीं हो रहा है, बल्कि अन्य तरह का संकट भी पैदा हो रहा है। यह संकट है–पृथ्वी का गर्म होना, बढ़ता प्रदूषण, नष्ट होती प्रजातियाँ, पर्यावरण का बढ़ता संकट आदि ऐसे पहलू हैं, जिस पर गहनता से विचार करने की जरूरत है।

वर्तमान समय में अर्थव्यवस्था पर अमीरों का कब्जा है। आर्थिक विषमता के लिए जिस तरह की परिस्थितियाँ जिम्मेवार हैं, उन्हें दूर करने की जरूरत है। समाज में फैली हुई विषमता बहुत बड़ी चुनौती है। व्यवस्था पर अमीरों का कब्जा है। स्थिति यहाँ तक खराब है कि गाँवों में और शहरों में भी घूम–घूमकर बेचने वाले लाई, चना, चना जोर गरम, अमावट, पाचक की गोली, कुल्फी, सब्जी, फल, नमक, दाल, चावल आदि सब चीजों पर इन बड़ी–बड़ी कम्पनियों ने कब्जा कर लिया है। जो चीजें छोटी–छोटी परचून की दुकानों पर मिल जाती थीं, उनके कामों में भी इन देशी–विदेशी कम्पनियों ने सेंध लगा दिया है।

शहरों में जिस तरह से लेबर की संख्या बढ़ती जा रही है, उससे देश में घटते हुए रोजगार का अनुमान लगाया जा सकता है। खेती से उसकी आवश्यकता के पूर्ण नहीं होने के कारण उसे शहरों की ओर पलायन करना पड़ रहा है। पहले घोड़े और खच्चर सामानों की ढुलाई करते थे। एक या दो व्यक्ति उनके साथ लगकर काम करवाते थे और उन्हें उनके काम के एवज में न्यूनतम जीवनयापन भर का पैसा या सामान मिल जाता था। धीरे–धीरे विकास का क्षेत्र बढ़ने लगा और विकास की इस प्रक्रिया में और ज्यादा मानव की जरूरत पड़ने लगी। काम करने वाले लोग गाँवों से शहरों की ओर आने लगे। समय–समय पर काम का स्वरुप बदलने लगा और मशीनीकरण के कारण न जाने कितने लोग अपने पुश्तैनी धन्धे से हटते गये। केवल बुनकर के काम ही नहीं, लोहार, सुनार, कुम्हार, बढ़ई आदि बहुत से कामों को तो मशीने ही कर रही है। आज सरकारें जिसे विकास कह रही हैं उस विकास ने बहुतों के मुँह का निवाला छीना है। किसानों के बहुत से काम मशीनें कर रही हैं। गाय, बैल और बकरी जो कि आय के साथ दरवाजों की शोभा होती थीं, आज विकास के नाम पर दरवाजें से हट चुकी हैं। उनकी जगह अमूल, पराग, मदर डेयरी आदि न जाने कितने नामों की इण्डस्ट्री लहलहा रही हैं। खेतों को जोतते, बोते, काटते समय मानव अपने–अपने दु:खों को गीत, गवनयी के द्वारा व्यक्त करता था, एक दूसरे की संवेदनाओं को समझता और उसकी सहायता करता था, परदेश जाने पर समूह में रहकर अपनी संस्कृति को बचाये रखता था, आज विकास के नाम पर उस पर भी संकट के बादल मँडरा रहे हैं। विकास की इस दौड़ में मानव के हाथ से केवल रोजगार ही नहीं छीने हैं, बल्कि उसका समाज, परिवार, रिश्तेदार, मूल्य, व्यक्तित्व

सब कुछ प्रभावित हुआ है। आज मजदूर और किसान आत्महत्या करने को मजबूर हैं। जैसे—बुनकरों के हाथ से काम निकल जाने के बाद आज उसे ही नहीं समझ में आ रहा है कि यह क्या हो गया? बुनकर का करघा सिर्फ एक ढाँचा नहीं है, अपितु जीवन का सार है। ताना-बाना में पूरा जीवन समाहित है। जब यह ताना-बाना छिन्न-भिन्न हुआ तो पूरा जीवन प्रभावित हुआ। हथकरघे से निकलने वाली खट-खट की बन्द हुई आवाज ने जीवन की गति को मद्धिम कर दिया। करघे के राग को पहचान कर ही तो कबीर ने झीनी-झीनी बीनी चदरिया कहा होगा। उन्हें क्या पता था कि जीवन के खटराग में यह झीनापन सरकारी नीतियों के आगे बौना हो जाएगा और सगुण-निर्गण की कौन कहे, रोटी से भी दूर का नाता हो जाएगा।

अध्याय : चार

चौराहे का लेबर और उसका आवास

देश में विभिन्न भागों से बनारस शहर में काम करने के लिए आये मजदूरों के लिए रहने का कोई स्थायी स्थान नहीं है। जिन मजदूरों को जैसी सुविधा होती है उसी के हिसाब से वह अपने रहने का स्थान ढूँढ़ लेता है। इस सर्वेक्षण के बाद यह बात समझ में आयी कि यहाँ गंगा लोगों के जीवन में महत्त्वपूर्ण भूमिका निभाती है। यहाँ के घाटों की सीढ़ियों पर रहने वालों की संख्या हजारों-हजार में है। गंगा उनके जीवन को हरदम संचालित करती है। रात्रि में वह घाट की सीढ़ियों पर सोकर, सुबह गंगा में नहाकर और सार्वजनिक शौचालय में पखाना करके तरोताजा होकर फिर वह काम की खोज के लिए निकल जाता है। काम मिला तो ठीक है, और काम नहीं मिला तो वही गंगा फिर उसके जीवन का सहारा बन जाती है। खुले आसमान के नीचे का स्थान ही उसका घर है। जीवन का एक-एक दिन कट जाए तो और दो समय नहीं तो कम से कम एक समय ही दो रोटी मिल जाए बस उससे ज्यादा उस लेबर को क्या चाहिए? घर परिवार से दूर एक अनजान शहर में जहाँ उसका कोई अपना ना हो, वहाँ गंगा ही उसे अपनी लगती हैं। वहाँ की सीढ़ियों पर वह अपने पैरों को पूरा फैला सकता है, कोई रोकने वाला नहीं है। तभी तो कई मजदूरों ने कहा कि ''जिस दिन काम नहीं मिलता है, उस दिन गंगा को निहार कर बिता देते हैं। गंगा हम सभी की जीवनदायिनी है। यहाँ के घाटों पर रहने पर मजदूरों को कुछ न कुछ खाने को भी मिल जाता है, क्योंकि बनारस एक धार्मिक शहर होने के कारण यहाँ दान-पुन्य का काम लगातार चलता रहता है।''

यहाँ के मजदूरों के रहने का स्थान केवल गंगा और गंगा की सीढ़ियाँ ही नहीं है, बल्कि एक ही शहर में बहुत दिनों से जब कोई रहने लगता है तो उसका सम्पर्क बहुत से लोगों से हो जाता है और वक्त पड़ने पर वे लोग कुछ न कुछ मदद कर देते हैं। जैसे—बनारस की चेतगंज की मंडी में सालिकराम मजदूर ने कहा कि ''जिस चबूतरे पर बहुत सालों से सो रहे थे, जाड़े के दिनों में उसका मालिक रात में आने पर अपने कमरे में ले लेता है।'' मालिक सुबह ही काम पर चला जाता है। इस खूबसूरत

शहर में रहने की कोई कमी नहीं है। मजदूरों ने साफ कहा कि पेट की भूख ऐसी है कि नींद कहीं भी आ जाती है। यहाँ राम और रहीम मिलजुलकर खाते, पीते और सोते हैं और यह सोने का स्थान मन्दिर, मस्जिद या गुरुद्वारा कुछ भी हो सकता है। जब पेट खाली होता है तो धर्मनिरपेक्षता का अद्‌भुत नजारा काशी में देखने को मिलता है। यहाँ आकर काम करने वाले मजदूर एक ही स्थान पर नहीं रहते हैं। वे मौसम और कार्य के अनुसार अपना रहने का स्थान बदलते रहते हैं। लेबर चौराहे पर काम की खोज के लिए आने वाले मजदूरों के रहने का स्थान स्थायी नहीं होता है। उनका स्थान समय पर बदलता रहता है। मुख्य रुप से बनारस शहर में निम्न स्थानों पर लेबर चौराहे के मजदूर रहते हैं—

- खिड़किया घाट (राजघाट पुल के नीचे कच्चा घाट है)
- धर्मशाला में
- मस्जिद में
- मठ में
- किसी परिचित के यहाँ छत पर।
- रेलवे लाईन के किनारे (जहाँ मजदूर को लगता है कि यह सुरक्षित स्थान है)
- रेलवे स्टेशन के बाहर और अन्दर।
- बस स्टैण्ड के बाहर और अन्दर।
- मन्दिर में (गोवर्धन मन्दिर, रविदास मन्दिर, हनुमान मन्दिर आदि) (धर्मनिरपेक्षता के अद्‌भुत उदाहरण के साथ)
- अखाड़ा में
- कब्रिस्तान से श्मशान तक में।
- गौशाला में
- कबाड़ के रुप में खड़ी टूटी-फूटी बसों में।
- चबूतरों पर (बड़ी संख्या में)
- गंगा घाटों पर बनी सीढ़ियों पर।
- स्कूलों के बाहर।
- पुलों के नीचे।
- मोटरबोट पर
- नाव पर
- रिक्शों के गैरेज में
- दुकानों में (परिचित के)
- सुविधाजनक सरकारी स्कूलों में।

- चौराहे पर (रात्रि में ट्रक से आये माल को उतार सकें।)
- मित्रों के यहाँ।
- किराये के घरों में।
- जहाँ कहीं चौकी आदि दिखी वहीं पर।
- पार्कों में (जैसे चितरंजन पार्क आदि)।
- किसी कारखाने में।
- रिक्शों पर।
- ट्राली पर।
- स्वय के घरों में।
- कहीं भी खुले मैदान में।
- ठेकेदार द्वारा लगाये गये काम के स्थान पर।
- रैन बसेरा में।
- कबाड़ के बीच।
- किसी परिचित के घर में।
- सार्वजनिक शौचालय के अन्दर (किसी परिचित शौचालय में)
- छोटे-मोटे ढाबों में।
- रात में जहाँ काम किया वहीं पर।
- बड़ी-बड़ी सीमेंट की पाइप के अन्दर।
- किसी आश्रम में।
- झुग्गी-झोपड़ियों में।
- पेड़ के नीचे।
- किसी परिचित के दुकान में।
- घाटों पर लगी छतरी के नीचे। (पन्डे अपने बैठने के लिए लगाते हैं)
- सड़क पर।
- कई पीढ़ियों से बुनकरी करने के कारण, बुनकरी बन्द हो जाने के बाद भी मालिक के यहाँ बरामदे आदि में रहना और बाहर जाकर कोई भी काम ढूँढ़ना।

बिहार के रोहतास जिले के बाबूधन पासवान पहली बार बनारस आये हैं। जब रोहतास में थे तो सब्जी मंडी में सब्जी उतारते थे। बनारस में खिड़किया घाट पर रहते हैं। मुम्बई और शिमला में काम करने के बाद घर के नजदीक होने से बनारस आ गये। बाबूधन पासवान को लगता है कि ''पेट न होये तो भेंट न होये।'' आज उसे अपने आप पर दया लगती है कि हम लोग सड़क पर भटक रहे हैं।

भभुआ, कबार से आये रमेश पासवान, उम्र 27 वर्ष को जिस दिन काम नहीं

मिलता हैं, उसे लगता है कि घर भाग जाएं। उसका यह भी कहना है कि बेरोजगारी की समस्या बहुत ज्यादा है। जिसका अस्तित्व ही इसी पर हो और उसे काम न मिले तो उसे कैसा लगेगा?

बनारस शहर में गंगा सभी के लिए जीवनदायिनी है। न जाने कितनों के रोजी-रोटी का साधन है। देश के विभिन्न स्थानों से आये लोगों के रहने का स्थान गंगा का किनारा सभी को सहारा देता है। गंगा के किनारे सामानों को बेच कर लोग अपनी रोटी-रोजी चलाते हैं। यहाँ के एक घाट खिड़किया घाट पर रात्रि के समय पाँच सौ से एक हजार लोग सोते है। उस सोने के लिए प्रति व्यक्ति पाँच रुपये के हिसाब से मजदूरों को देना पड़ता है। रात्रि में दस बजे से ग्यारह बजे के बीच दो-तीन दलाल आकर पैसा वसूलते हैं। जो मजदूर पैसा नहीं देते हैं, उसकी लात-घूँसों से पिटायी करते हैं और मारकर भगा देते हैं। यह सब मन्दिर के बाबा के शह पर होता है। बहुत बड़ा प्रश्न है कि आखिर किसी गरीब के साथ ऐसा बर्ताव क्यों होता है? इतना ही नहीं स्थानीय मल्लाह भी पैसा माँगते हैं कि बिहार से आने वाले मजदूर उन्हें पैसा दें, नहीं तो बनारस से चले जाएँ। ये मल्लाह उनका छीन कर खाना खा जाते हैं। हुक्का और बीड़ी की माँग करते हैं न देने पर मारते-पीटते हैं और गालियाँ देते हैं। मजदूरों को प्रतिदिन अपने रहने के लिए जद्दोजहद करनी पड़ती है। यही स्थिति मन्दिर में रहने वालों की है। मन्दिर चाहे कोई भी हो, जैसे-रविदास मन्दिर हो या गोवर्धन मन्दिर हो, जब सभी मजदूर रात्रि दस बजे के करीब वापस आ जाते हैं और अपना खाना बनाकर खा चुके होते हैं या बाहर से खाकर आ जाते हें तो जब सोने का समय आता है तब उन्हें मन्दिर के पुजारी द्वारा रखे हुए दलाल को पाँच रुपया सोने के पहले देना पड़ता है। जो मजदूर पैसा देने से मना करते हैं, उन्हें मारते-पीटते हैं और भगा देते हें। यही हाल अखाड़े में रहने वाले मजदूर के साथ होता है। एक ओर उन्हें मन्दिर और अखाड़े की सफाई ठीक से करनी पड़ती है तो दूसरी ओर उन्हें वहाँ पर रहने के लिए पैसा भी देना पड़ता है।

आज लेबर चौराहे के लेबर के मन में उदासी है। वह भुनुन-भुनुन सोचता रहता है कि आखिर क्या होगा? बिहार, कैमूर के तेनऊरा गाँव के छैबर की उम्र साठ वर्ष हो चुकी है। छैबर किसी तरह से जीवन को चला रहे हैं। उन्हें दुःख है कि गरीबी से बेटी को पढ़ाई छोड़ना पड़ा। छैबर को इस बात से सबसे ज्यादा दुःख है कि मालिक काम करवा कर पैसा नहीं देता है। पैसा माँगने पर गाली दे देता है। उसे लगता है कि उग्रवादी बन जाएँ, क्योंकि उससे अब संघर्ष नहीं हो रहा है। उसे इस बात का दुःख सबसे ज्यादा है कि "सरकार की ओर से कोई देखने नहीं आता कि हम लोगों पर क्या बीत रही है।"

दरभंगा घाट की सीढ़ियों पर सोने वाले प्रकाश सिंह की उम्र 28 वर्ष है।

"गंगा घाट की सीढ़ियों पर सोने पर कई बार पुलिस परेशान करती है।" उसका कहना है कि गरीबों को परेशान करने के लिए बहुत से लोग मिल जाते हैं। प्रकाश सिंह नासिक में सिक्योरिटी का काम करता था, लेकिन किन्हीं कारणवश उसे यह काम छोड़ना पड़ा। उसे तत्काल में इससे बेहतर कोई काम नहीं दिखा, जिससे उसे लेबरई के काम में आना पड़ा।

लेबर चौराहे के सभी मजदूर इस बात से परेशान हैं कि लोग काम करवा कर पैसे नहीं देते हैं। एक मजदूर ने अपनी कहानी बताते हुए कहा कि "बनारस के अस्सी घाट पर जब वह काम कर रहा था तो दो दिन बाद मजदूरी माँगने पर मालिक ने हम लोगों पर बन्दूक तान दिया और हम लोग किसी तरह अपनी जान बचा पाये। एक तरफ मजदूर जीवन की मूलभूत समस्याओं से जूझ रहा है तो दूसरी ओर उसे पेट भरने के लिए भी दर-दर की ठोकर खानी पड़ रही है। आँख खुलते ही मजदूरों को रोजगार की चिन्ता खाये जाती है। रात में सोने के लिए रोज स्थान ढूँढ़ना पड़ता है। जिन दुकानों के आगे वे सोते हैं, उसके मालिक उन्हें रोज भगाते हैं। दुकान मालिक की नजरें खराब होती हैं और उनका कहना होता है कि कोई दूसरा स्थान सोने के लिए नहीं है क्या?

मजदूरों (लेबर) के मन में गुस्सा है। यह गुस्सा इतना ज्यादा है कि "उन्हें लगता है कि बन्दूक उठा लें और बड़े-बड़े (पैसे वालों) आदमी को गोली मार दें। बड़ा आदमी गरीब आदमी को देखना नहीं चाहता है। गरीब की कोई इज्जत नहीं है। उसकी कोई जाति नहीं है।"

चौकाघाट, ढेलवरिया के राम मन्दिर पर सोने वाले सुरेश ने कहा कि मन्दिर पर सोने के लिए पाँच रुपया देना पड़ता है। पुजारी ने एक व्यक्ति को पैसा वसूलने के लिए रखा है। यदि पास में पैसा नहीं होता है तो मारने लगता है और सोने नहीं देता है। गालियाँ ऊपर से देता है।

जैतपुरा थाने के दोषीपुरा के रहने वाले साठ वर्षीय अलाउद्दीन अंसारी पहले बिनकारी (बुनकरी) का काम करते थे। उस धन्धे में मन्दा आ जाने से उन्हें मजदूरी के काम में आना पड़ा। परिवार की गरीबी से चिन्तित अलाउद्दीन को लगता है कि इस बार ईद कैसे मनेगी? रोजा कैसे होगा? लेबरमंडी में काम नहीं मिलने से चिन्तित अलाउद्दीन का कहना है कि यहाँ लगने वाली हर मंडी का हाल यही है। "हम कैसे जिन्दगी गुजार रहे हैं, इसे केवल खुदा ही जानता है। लोग ब्यौरेबाजी से काम कराते हैं। काम कहेंगे नीचे का है, और काम कराएँगे चार तल्ली का।"

विक्रमगंज, रोहतास के सूरजपुरा गाँव से आये राम सिंह, उम्र 60 वर्ष की गाँव में परचून की किराये की दुकान थी। दुकान टूट गयी और उन्हें इस उम्र में बाध्य होकर शहर आना पड़ा। दो बेटियों की शादी की चिन्ता लिए रामसिंह का कहना है

कि दशाश्वमेघ घाट पर चितरंजन पार्क में सोते हैं। यह पार्क साधुओं, अतिथियों और भिखमंगों का डिपार्ट (डिपार्टमेंट) है। वहाँ रात में सब मिलजुल कर सोते हैं। एक झोला, प्लेट और एक गिलास लिए रामसिंह के पास किसी चीज का सहारा नहीं है। जहाँ कहीं भी दान का खाना मिलता है, वहाँ सुबह-शाम खाते हैं। यदि काम मिल गया तो करते हैं, नहीं तो आवश्यकतानुसार भीख भी माँगते हैं।

जवाहिर, गाजीपुर के युसुफपुर, मोहम्मदाबाद से बनारस शहर में आकर मजदूरी का काम करते हैं। चौकाघाट के हनुमान मन्दिर में सोते हैं, जहाँ रात्रि में दो सौ व्यक्ति सोते हैं। प्रति व्यक्ति के हिसाब से सोने के लिए पाँच रूपया रोज देना पड़ता है। जवाहिर करीब बीस वर्षों से इसी मन्दिर पर सो रहा है। पहले एक बाबाजी थे, वहीं पैसा उतारते थे, अब चेला पैसा उतारता है। जवाहिर का कहना है कि "मजदूर आदमी के लिए तो सबसे जरूरी पैसा ही होता है।"

रामबहल, उम्र-चालीस वर्ष, चन्दौली के जगदीशसराय से यहाँ आकर किराये के घर में 1200 रुपये में रहते हैं। बीबी किसी अन्य पुरुष के साथ भाग गयी है। पाँच बच्चों के पिता रामबहल अपने जीवन की परिस्थितियों से बहुत दुःखी हैं। उनका कहना है कि "लेबर बहुत ज्यादा है, और काम उतना है नहीं। कई-कई दिनों तक काम नहीं मिलने से बेचैनी रहती है। पूरे परिवार का लोड है। तरह-तरह की चिन्ताएँ हैं। आखिर कैसे चलेगा? कम से कम उसे तो लेबर मंडी में नहीं आना चाहिए, जिनके घरों में खाने को है।"

मजदूर जब सुबह काम पर चले जाते हैं तो यह बहुत बड़ी चिन्ता की बात होती है कि उनके सामानों को कौन देखेगा? हर ओर से मारे हुए मजदूर को अपने सामानों की चिन्ता लगातार खाये जाती हैं। कई मजदूर अपने सामानों को अपने साथ लेकर चौराहे पर खड़े रहते हैं। सफेद प्लास्टिक के झोले में अपने सामानों को लिए वह इस चौराहे से उस चौराहे तक दौड़ते रहते हैं और वे मजदूर जो अपनी पोटली/गठरी को नहीं ले जाना चाहते हैं, वे किसी गुमटी वाले या किसी महिला जो घाट के किनारे अपना सामान बेचती है के पास रख देते हैं। सामान अगोरने (देखभाल) का वह दो रुपया प्रति गठरी लेती है।

इंटर में पढ़ने वाला सुरेश बिहार के रोहतास से गर्मी की छुट्टियों में काम की खोज के लिए बनारस आा। उसके पिता की मृत्यु हो चकी है। सुरेश और उसका भाई बारहवीं की शिक्षा प्राप्त रहा है। दोनों भाइयों को लगता है कि यदि वे किसी कोचिंग में नाम लिखवा लें या ट्यूशन पढ़ने लगें तो वे आगे की पढ़ाई अच्छी तरह से कर सकते हैं। परिवार की गरीबी से परेशान सुरेश को पढ़ने के लिए कमाना जरूरी लगता है। भीषण गर्मी में यहाँ के प्रहलाद घाट चौराहे पर खड़े होने के बाद उसे गारा मिट्टी का काम मिल जाता है। रात्रि में सोने के लिए सुरेश को प्रहलाद

घाट पर ही घाट की सीढ़ियों का सहारा मिल जाता है। थका हारा सुरेश गंगा के पानी से सीढ़ियों को ठंडा करके अपने गमछे को बिछाकर सोने की तैयारी करने लगा। उसे नींद आयी भी नहीं थी कि उसके आस आकर सात-आठ कुत्ते सो गये जो बीच-बीच में उसका मुँह और पैर सूघते रहते थे। आधी रात के बाद पत्थर की सीढ़ियाँ फिर गर्भ हो गयी और सुरेश की पीठ में छाले पड़ गये। सुरेश ने फिर वहीं पास में दूसरी सीढ़ी को ठंडा करके सोने का इन्तजाम किया, लेकिन पूरी रात सात-आठ सड़क के घूमने वाले कुत्ते उसके इर्द-गिर्द सोते रहे। अपनी पीठ के छाले दिखाकर और पास में कुत्तों के सोने की घटना बताकर सुरेश बहुत दुखी था। दो रातों से नहीं सोने के दर्द को अपने सीने में छिपाये सुरेश चौराहे पर खड़ा काम आने का इन्तजार कर रहा था।

आज यह बहुत बड़ा प्रश्न है कि चौराहे का लेबर किन परिस्थितियों में अपने लिए आवास की व्यवस्था कर रहा है। मजदूरों की इससे अधिक दयनीय स्थिति और क्या होगी कि वह जहाँ आवास ढूँढ़ रहा है, सुकून से सांस लेने के बारे में सोच रहा है, उसके साथ-साथ कुत्ते चले आ रहे हैं। मानव जिस असुरक्षा और अमानवीय स्थितियों में जी रहा है, उसका समाधान कैसे होगा? सरकारें कोई भी हों, उसे पूरे समाज को लेकर इन समस्याओं से जूझना होगा। जिनके घर खाली पड़े हों, जो जमींन खाली पड़ी हो, उसे हतोत्साहित किया जाना चाहिए और उस पर इतना कर लगा दिया जाए कि इनसान अनावश्यक संचय न करे और सभी को छत मिलने की सम्भावना बनी रहे।

अध्याय : पाँच

लेबर चौराहे पर कौन हैं?

यह बहुत बड़ा प्रश्न है कि लेबर चौराहे पर कौन खड़ा है? लेबर चौराहे पर खड़े होकर काम ढूँढ़ने वालों की संख्या बहुत ज्यादा है। एक भीड़ जो सुबह दिखायी देती है, वह दूसरे दिन नहीं दिखायी देती है। लेबर या तो दूसरे चौराहे पर चले जाते हैं या काम नहीं मिलने के कारण घर (डेरा) पर चले जाते हैं। प्राय: उनका स्वास्थ्य खराब होने के कारण भी वे काम ढूँढ़ने नहीं आते हैं। यह सोचना कि उन्हें मजदूरी पूरे वर्ष मिलती है, एक भ्रम है। मंडी में काम आने पर एक पूरी भीड़ स्कूटर या मोटरसाइकिल को घेर लेती है। चौराहे पर खड़े सभी मजदूरों को लगता है कि यह काम तो मेरे लिए आया है, लेकिन अफसोस स्कूटर या मोटरसाइकिल किसी एक या दो लोगों को काम पर ले जाती है। कभी-कभी तो उसे लम्बे समय तक काम नहीं मिलता है।

वह इस आशा और इन्तजार में समय काट देता है कि आज नहीं तो कल काम तो मिल ही जाएगा। काम नहीं मिलने पर जिस तरह की निराशा, दु:ख और तनाव को मजदूर झेलता है, उसे वह ही बता सकता है। ऐसा नहीं है कि वह तनाव अकेला मजदूर ही झेलता है। मजदूर के साथ-साथ उसका पूरा परिवार इस दु:ख को झेलता है। काम नहीं मिलने पर जब वह वापस घर लौट कर जाता है तो बच्चे भी अच्छी नजरों से नहीं देखते हैं तथा बीबी को भी लगता है कि शायद काम पाने के लिए पति ने ठीक से प्रयास नहीं किया होगा। ऐसे मानव के मनोविज्ञान को किताबों से निकालकर व्यावहारिक धरातल पर अध्ययन करने की जरूरत है। लम्बे-लम्बे समय तक भूख से जूझते मानव के लिए ठोस नीतियाँ बनानी होंगी। चौराहे पर खड़े इनसान को भी सम्मानपूर्ण जीवन जीने का अधिकार देना होगा। अच्छा हो कि कोई ऐसी व्यवस्था हो जहाँ वह मेहनत करके कुछ रुपये कमाये, जिससे उसका और उसके परिवार का भरण-पोषण सम्मानजनक तरीके से हो सके।

लेबर चौराहे पर खड़े लेबर के बारे में लोगों की धारणा अच्छी नहीं होती है। उनकी दिनचर्या का सूक्ष्म अध्ययन अति आवश्यक है। वे लेबर जो बनारस शहर के पास के गाँवों से आये होते हैं, वे कम से कम शाम को वापस अपने घर चले जाते

हें, लेकिन वे लेबर जो आस-पास के जिलों से आए होते हैं उनकी परेशानियाँ अनन्त होती हैं। एक चौराहे पर जब काम नहीं मिलता तो वे भागते हुए दूसरे चौराहे पर चले जाते हैं और वहाँ भी जब काम नहीं मिलता तो शाम और रात होने का इन्तजार करते हैं, ताकि उन्हें पल्लेदारी का काम मिल सके। बनारस, पूर्वांचल का बहुत बड़ा बाजार है। यहाँ के मैदागिन चौराहे पर प्रतिदिन पाँच से छः सौ लोग रात्रि में सोते हैं। और ट्रक से माल के आने का इन्तजार करते हैं। माल आने पर उसको उतार कर गोदाम या दुकान में रख देते हैं। ऐसा नहीं है कि यह काम करने पर उन्हें बहुत पैसा मिल जाता है। लेकिन इस काम को करने से वे अपनी रोजी-रोटी का जुगाड़ तो कर ही लेते हैं और कुछ पैसा बचाकर घर भी भेज देते हैं। कई बार लेबर रात्रि में भी चौराहे पर खड़े होकर काम का इन्तजार करते हैं या कुछ लेबर आपस में बात करते हुए समय बीता देते हैं। उनका तो एक ही उद्‌देश्य होता है, किसी तरह पेट की आग को बुझाना। लेबर अपनी-अपनी तरह से काम ढूँढ़ता है। व्यवसायी लेबर के शोषण का पूरा प्रयास करता है। वह कम से कम पैसों में काम कराना चाहता है। सरैंया लेबर मंडी के मजदूरों ने कहा कि पहले पास के नऊआ पोखरी पर फलों का पूरा ट्रक आता था और कुछ लोगों को फलों को उतारने का काम मिल जाता था, लेकिन आज यह स्थितियाँ नहीं है। आज फलों के साथ-साथ ट्रक पर मजदूर भी आते हैं। व्यवसायियों को यह ज्यादा सस्ता पड़ता है। इसका अर्थ है कि व्यवसायी अपने कमाने के लिए कम पैसे देकर मजदूर लेकर आते हैं। लेबर चौराहे का मजदूर केवल एक आशा के साथ फलों के ट्रक को देखकर ही सन्तोष कर लेता है।

लेबर चौराहे पर बारह वर्ष से लेकर पचहत्तर वर्ष तक के मजदूर कुछ कमाने के लिए खड़े मिल जाएँगे। ठेकेदारों के साथ कोई भी लेबर काम करना नहीं चाहता है। ठेकेदार लम्बे-लम्बे समय तक काम करवा कर पैसा नहीं देते हैं। यदि पैसा देते भी हैं तो पैसा काट लेते हैं और कहते हैं कि ''मालिक ने जब पैसा दिया ही नहीं तो हम तुम्हें पैसा कहाँ से दें।'' मुर्शिदाबाद से बनारस कमाने आये रोते हुए एक मजदूर ने अपनी कहानी बताते हुए कहा कि ''एक ठेकेदार वहाँ से हमें बनारस ले आया। राजघाट पुल के नीचे हम लोग प्लास्टिक की पन्नी डालकर रहते है। इस समय मेरी उम्र चौबीस वर्ष है। दो बहुत छोटी बेटियाँ हैं। ठेकेदार ने एक वर्ष की मजदूरी नहीं दिया। माँगने पर मारने लगा। कई बार भूखे सोना पड़ता है। बेटियों को कैसे भूखा रखें? इसलिए मैं और मेरी औरत भीख भी माँगने लगते हैं। लोगों से कहते हैं कि बेटियों के लिए थोड़ा-सा चावल दे दीजिए। यदि चावल मिल जाता है तो गीले चावल में नमक डालकर बेटियों का पेट भरते हैं। कभी-कभी दुकानदार से उधार लेकर भी चावल पकाकर खिलाते हैं फिर काम मिलने पर उसका पैसा वापस कर देते हैं।''

अपने जीवन के दुःख-दर्द को सीने में दबाये न जाने कितने पिता चौराहे पर खड़े हैं। जिन बेटों को माता-पिता पाल-पोस कर बड़ा करते हैं, उन्हीं बेटों ने पिता को पचहत्तर वर्ष की उम्र में चौराहे पर खड़ा कर दिया है। सैदपुर से आये दो बेटों के पिता ने कहा कि बेटों ने ये दुर्गति नहीं की होती तो आपसे भेंट न होती। बेटा कमाता है, लेकिन खर्च उठाने को तैयार नहीं है। 20 बीस्वा खेत है ऊपरी खर्च के लिए मैं चौराहे पर खड़ा हूँ। कुछ न कुछ काम तो मिल ही जाएगा।

पैंसठ वर्ष की उम्र मे बेटे की प्रताड़ना से घर छोड़ चुके पटना के एक गाँव से आये ननकऊ ने कहा कि ''अब मैं घर नहीं जाऊँगा। बेटे इस उम्र में कमाने के लिए कह रहे हैं। बड़ी-बड़ी मशीन उठाने को कहते हैं। जो कि मुझसे उठती नहीं है। जाड़े का दिन है, एक कम्बल यदि मिल जाए तो कम से कम जाड़ा तो कट जाएगा।'

लेबर-चौराहे पर कौन नहीं है? जाति, धर्म और किसी भी तरह का भेदभाव नहीं मानने वाले सभी तो चौराहे पर हैं। जो कभी मालिक था, वह आज मजदूर बनकर चौराहे पर खड़ा है। बड़ी बाजार के लेबर मंडी के जावेद के पास चौदह हथकरघे थे और चौदह लोग उनके करघों पर काम करते थे। बनारसी साड़ी के धन्धे में एकाएक ऐसी मन्दी आयी कि जावेद को खाने के लाले पड़ गये। जावेद को समझ में नहीं आया कि क्या करें? चार महीने तक इकट्ठा करके रखी गयी पूँजी जब खत्म हो गयी तो जावेद को समझ में नहीं आया कि क्या करें? उसी के कारीगर ने समझाया कि भूखे रहने और हाथ पर हाथ रखकर बैठने से अच्छा है कि लेबर चौराहे पर चलकर जो भी काम मिले, उसे करें। आज जावेद बड़ी बाजार की मंडी में खड़ा होकर लेबर का काम पाने के लिए प्रयास कर रहा है। आँखों में आँसू भरकर जावेद ने कहा कि ''हमारे यहाँ जो भी बनारसी साड़ियाँ तैयार होती थीं, उसको जैसे-जैसे छूते थे, उसकी बारीकियाँ समझ में आती थीं और उसका दाम बढ़ता जाता था।''

बुलानाला लेबर मंडी से पच्चीस वर्षों तक अपने जीवन की गाड़ी खींच चुके मुन्ना लेबर ने कहा कि एक बार जाड़े के दिनों में पूरे एक महीने तक काम नहीं मिलने से घर में भुखमरी की स्थिति आ गयी। किसी तरह पत्नी को कुछ काम मिल गया, जिससे नमक, रोटी का जुगाड़ हो गया। पुरानी यादों में खोया यह लेबर अपनी मंडी को रोज देखने आता है। अब उसे एक दुकान पर काम मिल गया है। चौराहे पर खड़े मजदूरों के काम छीनने का कारण बिहार से आने वाले मजदूरों को बताया। उसने कहा कि ''बिहार की बेकारी यहाँ आकर पलटा मार जा रही है, जिससे हम लोगों की रोजी-रोटी छिनती जा रही है। वहाँ से आये हुए लेबर कम पैसों में काम करने को तैयार हो जाते है, जिससे यहाँ के लोगों को काम नहीं मिल पाता है।'' चौराहे पर खड़ा हर व्यक्ति अपनी समस्याओं से इतना ग्रसित है कि उसे उसकी समस्याओं से उबारने के लिए कई गाँधी को आगे आना होगा। जीवन की मूलभूत

सुविधाओं सें वंचित, स्कूल का मुँह नहीं देखने वाले, झाड़फूँक के द्वारा जीवन चलाने वाले, लिट्टी (बाटी) नमक और दो हरी मिर्च के सहारे पेट की आग बुझाने वाले, बिहार के पिछड़े इलाके से काम की तलाश के लिए बनारस आये कम उम्र के युवकों के जीवन की नईया का खेवनहार उसका किस्मत ही है। अपने-अपने किस्मत का नाम लेते हुए बिहार के एक गाँव से एक अनजान शहर में आये युवकों को कुछ भी पता नहीं है कि उन्हें कहाँ जाना है और उन्हें क्या काम मिलेगा? उनको रहने का स्थान कहाँ मिलेगा? मुसहर जाति के इन सोलह-सत्रह वर्ष के बच्चों को यदि आज काम नहीं मिला तो कल पेट कैसे भरेगा? क्या इन प्रश्नों का जवाब आसान है? मनरेगा में कुछ दिन का ही काम मिलने के कारण उन्हें शहर की ओर आना पड़ा। गर्मी, जाड़ा और बरसात जहाँ जगह मिली वहीं अपना घर हो जाता है। पूरा आसमान ही उसकी चादर है। मजदूरों को इस बात का दुःख है कि मनरेगा में ग्राम-प्रधान अपने रिश्तेदारों/परिचितों को पहले काम दे देते हैं।

भभुआ के चैनपुर से आये एक बाईस वर्षीय युवक रमेश को अपनी बहन की शादी की चिन्ता है। पिछले पाँच वर्षों से बनारस में कुछ लड़कों के साथ कमरा लेकर रह रहे रमेश को पिता की मृत्यु के बाद उनकी पूरी जिम्मेदारी निभानी पड़ रही है। काम न मिलने की चिन्ता उसे लगातार खाये जा रही है ऐसा नहीं है कि इन मजदूरों को कोई बहुत बड़ा काम चाहिए।

स्मार्ट सिटी की योजना में इन मजदूरों का स्थान आखिर कहाँ होगा? यहाँ के खिड़किया घाट पर बड़ी संख्या में मजदूर सोते हैं। कुछ लोग इनकी गठरी अगोरने (देखभाल) का भी काम करते हैं। एक महिला इन मजदूरों की गठरी/सामान दो रुपये में सँभालती है। ऐसे ही कई दुकानदार भी दो रुपये में इनका सामान अगोरते हैं। शाम को वापस आने पर वह उसे दो रुपये देकर अपना सामान वापस ले लेता है। वे मजदूर जिनका अपना कोई ठौर ठिकाना नहीं है, वह घाट की सीढ़ियों, मन्दिरों और मस्जिदों में सोते हैं। जिनके लिए उन्हें पाँच से दस रुपये तक देना पड़ता है। अखाड़े में सोने वालों को सफाई से लेकर अखाड़े की देखभाल करने वाले की सेवा तक करनी पड़ती है। लेबर चौहारे पर लेबर के बीच में जाकर देखने पर पता चलता है कि बहुत से लेबर अपना सामान झोला में रखकर अपने साथ लिये रहते हैं।

कुछ लोग किताबों को पढकर उससे जिस तरह के समाज को बनाना चाहते हैं, उन्हें उन किताबों से बाहर निकलकर सम्पूर्ण समाज के साथ मिलकर गोते लगाने होंगे। केवल किताबों के द्वारा समाज को नहीं समझा जा सकता है। समाज में जिस तरह की समस्यायें हो रही हैं, उसका समाधान न तो व्यक्ति अकेले कर सकता है, और न ही सरकार। सभी की सामूहिक सहभागिता से ही ऐसी वृहद् समस्याओं का समाधान हो सकता है।

यह बहुत बड़ा प्रश्न है कि बनारस शहर के लेबर चौराहे पर कौन-कौन लोग हैं? आखिर ऐसा क्या कारण है कि लेबर चौराहे पर भीड़ लगातार बढ़ती जा रही है। भूख, गरीबी, अशिक्षा, असुरक्षा, काम का नहीं मिलना, किसी तरह का प्रशिक्षण प्राप्त न होना आदि कुछ ऐसे मुद्दे हैं, जिससे लेबर जूझ रहा है। चौराहे पर हर तरह के लोग हैं। वर्तमान समय में विकास की ऐसी आँधी आयी है कि लोगों के हाथों से काम धीरे-धीरे निकलते गये हैं और उन्हें चौराहे पर आकर खड़ा होना पड़ा है। नयी प्रौद्योगिकी और सस्ते सामानों के आने से उनके द्वारा बनाये गये सामानों की बिक्री जब कम हो गयी या बिक्री बन्द हो गयी तो उन्हें बाध्य होकर कुछ भी काम करने के लिए चौराहे पर आना पड़ा। चौराहे पर निम्न लोगों की तादाद सबसे ज्यादा है—

बुनकर

बनारस के कई लेबर चौराहे तो ऐसे हैं, जहाँ पर हथकरघे पर काम करने वाले बुनकरों की संख्या सबसे ज्यादा है। आज उनके करघों की सुरीली आवाज बन्द हो चुकी है। जिन ताने-बानों से बुनकर बुनाई करते थे, वे आज इतने महँगे हो चुके हैं कि बुनकरों द्वारा तैयार माल से उन्हें उनकी लागत भी नहीं मिल पा रही है। बाध्य होकर आज वे अपना बुनकरी का काम छोड़ रहे हैं। यहाँ के कुछ चौराहे ऐसे हैं, जहाँ बुनकरों की संख्या सबसे ज्यादा है, ये चौराहे हैं—पीलीकोठी, सरैंया, रामनगर और बड़ी बाजार। मन्दी की मार खाये बुनकरों के करघों को दीमक खा रहे हैं या पड़े-पड़े उन पर धूल की मोटी परतें जम चुकी हें। आज ये दस्तकार/कलाकार अपनी रोजी-रोटी के लिए झऊआ मिट्टी करने को बाध्य है।

बुनकरी का काम छोड़ चुके बुनकरों के पास अन्य कोई ट्रेनिंग भी नहीं है कि वे अपने जीवन की नैया पार लगा सकें। जो बनारसी साड़ी पूरे विश्व में प्रसिद्ध है, आज उसी बनारसी साड़ी को तैयार करने वाले गरीबी, अशिक्षा, भूखमरी, स्वास्थ्य की दयनीय स्थिति से जूझ रहे हैं, और चौराहे पर खड़े होकर कोई भी काम पाने का प्रयास कर रहे हैं।

छोटे किसान

ऐसे बहुत से किसान हैं, जिनके पास बहुत कम खेत हैं। खेत इतने कम है कि अपना तथा अपने परिवार का पेट नहीं भर पा रहे हैं। चूँकि खेती के काम में पूरे वर्ष काम नहीं मिलता है। इसलिए इन किसानों के पास न तो काम होता है, और न ही इतना पैसा होता है कि वे अपनी गृहस्थी चला सके। उन्हें बाध्य होकर शहरों की ओर आना पड़ता है, ताकि वे कोई भी काम कर सकें।

तवायफों के साथ साज (वाद्य यन्त्र) बजाने वाले (साजिन्दे)

बनारस शहर के चेतगंज चौराहे पर काम की तलाश में बैठे अनवर ने बताया कि पहले वह गाजीपुर में तवायफों के साथ साज (वाद्ययन्त्र) बजाने का काम करते थे। धीरे-धीरे यहाँ काम करने के लिए अनवर बनारस चले आये और यहाँ के दालमंडी मुहल्लों की तवायफों के यहाँ नाच-गाने में हर तरह का साज बजाने का काम करने लगे। अब उन्हें यह काम नहीं मिलता है। हर तरह की कलाकारी का काम जानने वाले अनवर खुश हैं कि उनके पास इतना हुनर है की रोजी-रोटी की कोई समस्या नहीं है। बनारस के गणेश महाल (गोदौलिया के पास) में उनका निजी घर है। तवायफों के साथ साज बजाने का काम अनवर को जब मिलना बन्द हो गया तो अनवर मस्जिदों के मीनार के निर्माण से सम्बन्धित बारीक काम में लग गये। अनवर अपने काम से खुश हैं। अनवर ने कहा कि "हमारे हाथ में इतनी कला है कि मैं खाली नहीं बैठता। हमें कुछ न कुछ काम मिल ही जाता है।" अनवर ने शराब के ठेके पर शराब पिलाने का भी काम किया। उसके बच्चे अच्छा काम करते हैं। साठ की उम्र पार कर चुके अनवर को जब मंडी में लेबर का काम नहीं मिलता तो वह बीबी के साथ मिलकर झोला सिलने का काम करता है। अपने जीवन से अनवर खुश है।

कालीन की बुनाई करने वाले

लेबर चौराहे पर ऐसे बहुत से मजदूर मिले जो पहले कालीन की बुनाई करते थे। अली हुसैन अंसारी भी उन्हीं में से एक हैं। मन्दी आ जाने के कारण अली हुसैन ने यह काम छोड़ दिया। आज लोहता बाजार के चौराहे पर खड़े होकर लेबर का काम करने को बाध्य अली हुसैन का कहना है कि एक दिन भी काम नहीं मिलता तो भुखमरी की स्थिति आ जाती है और बच्चों को कटोरा लेकर दौड़ना पड़ता है। पूरे परिवार को दो रोटी की जरूरत होती है तो आधी रोटी खाकर किसी तरह काम चलता है। भुखमरी से जूझ रहे अली हुसैन का कहना है कि "बच्चों को झिड़ककर बैठाना पड़ता है कि चुप रहो, जब होगा तो खिलाएँगे।" हर तरह के शोषण से जूझ रहे अली हुसैन का कहना है कि अगर खटकर (बहुत मेहनत) काम किये तो कमर में दर्द होने लगता है। दूसरे दिन सुबह उठना-बैठना मुश्किल हो जाता है। ठेकेदार के शोषण से परेशान अली हुसैन ने बताया कि "ढलईया का काम था। कल ठेकेदार अपने साथ काम पर ले गया। ठेकेदार ने तीन सौ रुपया देने को कहा था। डेढ़ सौ ही दिया और कहा कि 'चले जाओ नहीं तो मार कर खपा देंगे।'

टैम्पो चलाने वाले

कई तरह का काम करने वाले जावेद ने पाँच वर्ष तक टैम्पो चलाया। सौ रुपये किराये पर टैम्पो चलाने का धन्धा एक्सीडेंट हो जाने के कारण छोड़ना पड़ा। जावेद को कुछ वर्षों तक पुरानी प्लास्टिक से नया प्लास्टिक बनाने के एक फैक्ट्री में अहमदाबाद में काम करने के बाद वापस आना पड़ा, क्योंकि घर की याद उसे लगातार सताती थी। हथकरघे पर भी कुछ वर्षों तक काम करने के बाद वह आज चौराहे पर खड़ा होकर लेबर का काम ढूँढ़ रहा है।

दूसरों का खेत किराये पर लेकर खेती करने वाले

हर चौराहे पर न जाने कितने लोग ऐसे हैं, जो दूसरों का खेत किराये (जमा) पर लेकर खेती से अपनी रोजी-रोटी चलाते हैं। लेकिन खेती का काम पूरे वर्ष नहीं होता है। खेती करने वाले के पास इतना पैसा नहीं होता कि वह अपने परिवार का खर्च केवल उसी पैसे से चला पाये। बाध्य होकर उसे शहरों की ओर मजदूरी करने के लिए आना पड़ता है। भभुआ के डुमरईट के महेन्द्र हरिजन ने कहा कि 'आज बहुत चिन्ता का विषय है (बुड़बक) (गुड़बक) नासमझ का गुजारा कैसे होगा। मजदूरों का कहना है कि वे एक चौराहे से दूसरे चौराहे पर अपनी किस्मत लड़ाते हैं। सोचते हैं कि कब किस्मत खुल जाए। परिवार की महिलाएँ दूसरों के खेतों पर कटिया-पटिया (कटाई) करती हैं। महेन्द्र हरिजन का कहना है कि उसे पहले सोरहिया (16 बोझ) मिलता था (सोलह बोझ पर एक बोझ) अब कटाई के बाद बरहिया (बारह बोझ पर एक बोझ) मिल जाता है। महेन्द्र हरिजन को दुःख होता है कि 'देश में सब कुछ बदला, लेकिन गरीब आदमी की स्थिति नहीं बदली।'

घोड़ा, ताँगा और बग्घी चलाने वाले

नाम-मालिक, उम्र—25 वर्ष, जाति—भटियारा का कहना है कि कोई भी काम पूरे वर्ष के लिये नहीं मिलता है, इसलिए बाध्य होकर लेबर चौराहे पर आना पड़ता है। मालिक ने कहा कि ''पहले मै बनारस के लक्सा रोड पर सिलाई का काम करता था, फिर यहाँ से मैदागिन के एक दुकान पर सिलाई का काम करने लगा। जिन दुकानों पर मालिक काम करता था वहाँ ठीक से मजदूरी नहीं मिलने और पूरे वर्ष तक सिलाई का काम नहीं मिलने से उसे मजदूरी के लिए लेबर चौराहे पर आना पड़ा। कभी-कभी यहाँ भी काम नहीं मिलने पर वह अपने चाचा का ताँगा और बग्घी चलाने का काम करता है, ताकि भूखों मरने की नौबत न आये।'' जिस समय मैं स्वयं लेबर चौराहे पर थी उस समय एक व्यक्ति बेवजह अनायास ही आकर उसे मारने लगा और कहा कि तुम मुझे पचास रु. दो नहीं तो हम तुम्हें मारेंगे। मालिक के

पास न तो पैसा था और न ही चार दिन से उसे काम मिला था। इसलिए वह उसे वैसा नहीं दे पाया।

बनारस में बनने वाले लकड़ी का खिलौना रंगने वाले

हर काम में मन्दी आने से लोगों के हाथों से काम लगातार छिनते जा रहे हैं। ऐसा ही लकड़ी का खिलौना रंगने वालों के साथ भी हुआ है। कई कारखाने बन्द हो जाने के कारण उसमें काम करने और उन खिलौनों को रंगने वाले आज चौराहे पर लेबरई का काम खोजने के लिए बाध्य है।

चौराहे पर खड़े सभी लेबर लोगों का कहना है कि "मजदूरों की हालत बहुत खराब है। वे जहाँ भी जाएँगे मारे जाएँगे और भगाये जाएँगे।" हम लोगों के लिए क्या दिन है और क्या रात है, सब बराबर है। मंडी का आसार प्रायः ठीक नहीं रहता है, लेबर आते हैं और उन्हें काम नहीं मिलने के कारण वापस जाना पड़ता है। मिल्कीपुर के जमाल अहमद का कहना है कि "मजदूरों को घामे-घामे (धूप) जलना है और शाम को सो जाना है।"

भुईलीखास, अदलहाट के शफरुद्दीन की छह पीढ़ियों ने हथकरघे पर बनारसी साड़ी की बुनाई किया। शफरुद्दीन ने स्वयं 18 साल तक साड़ी की बुनाई किया, लेकिन इस काम में ऐसी मन्दी आयी कि वह सात-सालों से लेबर चौराहे पर खड़ा होकर लेबर का काम ढूँढ़ रहा है। आठ दिनों से काम नहीं मिलने से वह ऊपर वाले के आसरे अपना जीवन किसी तरह चला रहा है।

छोटा मिर्जापुर के रसूलगंज से आये शमशुलहक का कहना है कि जीवन उधार से चल रहा है। उसका कहना है कि "हम लोग घर से यही सोचकर चलते हैं कि आज तो मंडी में जरूर काम मिल जाएगा। घर वापस जाने पर घर वाले आस लगाये रहते हैं कि कुछ खर्चापानी लेकर आएँगे, लेकिन काम नहीं मिलने से निराशा होती है। बच्चे बार-बार पूछते हैं कि "अब्बा कुछ लाये नहीं?" उनको बार-बार समझाना पड़ता है कि काम नहीं मिला।"

बड़ी बाजार मंडी से काम ढूँढ़ने वाले सत्य प्रकाश का कहना है कि "गरीब आदमी कल भी मार खाता था और आज भी मार खा रहा है।" रोंआ कलपता है। यह मंडी कभी हँसाती है तो कभी रुलाती है। मंडी में उस्ताद हैं, लेबर हैं, ठेकेदार है।' सभी अपनी-अपनी तरह से मजदूरों का शोषण करने के लिए तैयार बैठे रहते हैं।

पंजाबी ढोल बजाने वाले

लेबर मंडी में सभी तरह का काम करने वाले लोग हैं। अपनी योग्यता और मेहनत से

यहाँ व्यक्ति अपना काम ढूँढ़ ही लेता है। शादी–व्याह, मुंडन, जनेऊ या अन्य खुशी के अवसर पर लोग बाहर से बुलवाकर पंजाबी ढोल बजवाते हैं। चूँकि यह काम पूरे वर्ष नहीं चलता, तो ऐसी स्थिति में कलाकारों को अपनी रोजी–रोटी चलाने के लिए लेबर–मंडी में आना पड़ता है।

मजदूरों को इस बात का दु:ख है कि कुछ लोग इनसान को कूड़ा समझते हैं। काम कराने के बाद गन्दी–गन्दी गाली देते हैं। मजदूरों का कहना है कि "किसी की जिन्दगी की कोई गारंटी नहीं है। लोगों द्वारा यह कहना कि काम ठीक से नहीं किए हो, और पैसा नहीं देना दु:खद है। मजदूर आदमी को जहाँ जगह मिल जाता है, वह वहीं सो जाता है। वक्त की लाचारी जो करवाये वही कम है।"

लेबर मंडी में महिलाएँ

यद्यपि यहाँ की कई मंडियों में महिलाएँ काम की तलाश के लिए आती हैं, लेकिन सबसे ज्यादा महिलाएँ बुलानाला की लेबर मंडी में आती हैं कई महिलाओं के पास कनस्तर और पीढ़ा है, जिसे लेकर वे बुलानाला की मंडी में सड़क पर बैठी हुई मिल जाएँगी। ये महिलाएँ मुख्य रुप से गिट्टी तोड़ने का काम करती हैं। इन महिलाओं को दस से बीस रुपये कनस्तर तक गिट्टी तोड़ने की मजदूरी मिल जाती है। एक झोला सभी महिला मजदूरनियों के पास होता है। ये महिलाएँ मिस्त्री को मकान बनाते समय मसाला (सीमेंट–बालू) पकड़ाने तथा मसाला तैयार करने के साथ–साथ ईंट आदि ढ़ोने का काम भी करती हैं। लग्न के समय या अन्य समयों पर ये महिलाएँ (शादी–ब्याह आदि के समय) हलवाई के साथ पूड़ी बेलने, सब्जी काटने और बर्तन साफ करने के लिए जाती हैं। लेबर चौराहे पर आकर उन्हें अन्य कामों के लिये भी लोग ले जाते हैं। महिलाएँ जाकर काम करती हैं, क्योंकि उन्हें तो अपनी मजदूरी से मतलब होता है। महिलाएँ अपने जीवन से निराश और उदास हैं। यहाँ के बुलानाला चौराहे पर खड़ी एक महिला ने बताया कि उसके पति को कोढ़ हो गया है। एक अन्य महिला ने बताया कि उसके पति पहले सिलाई करते थे। अब उनकी आँखों से बिल्कुल भी दिखायी नहीं पड़ता है, और वे भीख माँग कर अपना गुजारा करते हैं और घर पर नही आते हैं। किसी महिला का पति मोची है तो कोई मर चुका है, महिलाएँ गृहस्थी की गाड़ी चलाने के लिये परेशान है। कई महिलाएँ अपने आठ–दस वर्ष के लड़के को भी अपने साथ लिये रहती हैं। ये बच्चे महिलाओं को काम मे सहयोग करते हैं। एक महिला के पति मर चुके हैं, और उनके बेटों द्वारा खाना नहीं देने के कारण उसे चौराहे पर कमाने के लिये आना पड़ा है। किसी के पास बच्चे ज्यादा हैं और पति की उतनी कमाई नहीं होने के कारण उसे चौराहे पर खड़ा होना पड़ रहा है। चेहरे पर झुर्रियाँ, जीवन से दुखी, हताश और अशक्त, परेशान,

बीमारियों से ग्रसित, अशिक्षित, जीवन की मूलभूत सुविधाओं, से वंचित ये महिलाएँ सम्पूर्ण समाज से बहुत सारे प्रश्न पूछ रही हैं। एक महिला ने दुखी मन से कहा कि "आठ बच्चे हैं? और सुलभ शौचालय में जाने के लिए काफी पैसा देना पड़ता है। पति मर चुके हैं। यदि कमाऊँगी नहीं तो जीवन कैसे चलेगा? कम से कम इतनी व्यवस्था तो हो कि हम लोगों को शौचालय जाने के लिए पैसा न देना पड़े। सबसे दुखद स्थिति यह है कि शिक्षा इन महिलाओं के लिये एक स्वप्न जेसा है।

शायरी करने वाले लेबर

यहाँ के बुलानाला चौराहे पर एक लेबर ऐसा मिला जो अच्छी शायरी करता है। बनारस के बड़े-बड़े शायरी करने वालों के साथ उसका उठना-बैठना रहा है। इन्टर पास यह शायर पहले बनारसी साड़ी की बुनाई करता था। मन्दी आने के कारण उसे हथकरघे पर काम बन्द करना पड़ा। रोजी-रोटी चलाने के लिये वह आज चौराहे पर खड़ा है, और मकानों की पुताई का काम करता है। बनारस के पुराने शायरों के यहाँ आज भी उसका आना-जाना है, लेकिन उन्हें यह नहीं मालूम है कि वह अब लेबर का काम कर रहा है। वह अपनी शायरी की किताब निकलवाना चाहता है और उसे आशा है कि पैसा होने पर वह अपनी किताब अवश्य निकालेगा। परिवार की भयानक गरीबी के कारण उसे पढ़ाई छोड़ना पड़ा। इस शायर ने कहा कि "26 जनवरी को एक बार बच्चों को स्कूल जाते देख वह फूट-फूटकर रोया। आज भी दुख है कि गरीबी के कारण पढ़ नहीं पाया।"

रिक्शा चलाने वाले

लेबर चौराहे पर रिक्शा चलाने वालों की लम्बी लाइन है। ऐसे बहुत से लोग हैं जो मजदूरी के साथ-साथ रिक्शा चलाने का काम भी करते हैं। जब उन्हें लेबर का काम नहीं मिलता तो वे पार्ट-टाइम रिक्शा चलाते हैं। रिक्शा चलाने वालों की बहुत बड़ी संख्या है। रिक्शा और ट्राली चलाने का काम वे लोग भी करते हैं, जो पहले बुनकर थे और वे चौराहे पर खड़े होकर कोई भी काम करने को तैयार है। इससे अधिक दुर्भाग्य क्या होगा कि जो बुनकर पहले महीन से महीन काम करते थे, आज वे कोई भी काम करने को तैयार हैं।

सोना-चाँदी का गहना बनाने वाले

मशीनों ने न जाने कितने लोगों के हाथों से कामों को छीन लिया है। पहले जो लोग हाथों से महीन से महीन काम करते थे, जिनके बनाये हुए गहने राजा-महाराजा पहनते थे, आज उनके मुँह का निवाला छिन चुका है। ये कलाकार भी चौराहे पर खड़े

होकर कोई भी काम पाने के लिये लालायित हैं। काम नहीं मिलने पर भीख माँगने तक की स्थिति आ जाती है।

हड़िया में मक्खनिया दही बेचने वाले

लेबर चौराहे पर ऐसे बहुत से लोग मिलें जो पहले मक्खनिया दही बेचते थे। एक बड़ी बाँस के दोनो ओर लटकती रस्सी से चार-पाँच हड़िया, काँवर की तरह कन्धे पर दोनों ओर लटकती रहती है। हांडी (हंड़िया) में मक्खनिया दही होती है। वर्तमान में इस दही में लोगों की रुचि कम होने के कारण इस दही की बिक्री कम हो गयी है। इसका परिणाम यह हो गया है कि इस पेशे से हटाये गये लोग चौराहे पर खड़े होकर लेबर का काम पाने के लिये प्रयास कर रहे है।

कान से मैल निकालने वाले

पहले ऐसे बहुत से लोग थे, जो गली-मुहल्लों में घूम-घूमकर लोगों के कान से मैल निकालने का काम करते थे। समय बदलने के साथ-साथ लोगों में जागरुकता आ गयी है, और लोगों ने ऐसे घूमने वालों से कान का खुट/मैल निकलवाना कम कर दिया है। ऐसी स्थिति में ये लोग लेबर चौराहे पर आने को बाध्य है।

परिवार का बँटवारा हो जाने के कारण

जब तक संयुक्त परिवार होता है, तब तक सभी लोग मिलजुल कर एक-दूसरे के परिवार का सहयोग करते हैं। यदि परिवारों का बँटवारा हो जाता है तो बहुत बड़ा संकट पैदा हो जाता है कि दूसरे भाई के बच्चों और पत्नी की देखभाल कौन करेगा? वह भी उस स्थिति में जब कि एक भाई अपने शहर/गाँव से दूर दिल्ली, हरियाणा, मद्रास आदि जगह पर कमाने के लिये गया हो। ऐसी स्थिति में परिवार की आर्थिक और सामाजिक सुरक्षा के लिए उसे वापस घर आना पड़ता है और नये सिरे से काम की खोज के लिये शहरों में लेबर का काम करने के लिये उसे बाध्य होना पड़ता है।

लौंडा (लवंडा, लवंडई) डांस करने वाले

लेबर चौराहे पर ऐसे बहुत से लोग हैं, जो अपनी योग्यता के अनुसार काम करते हैं, और काम ढूँढ़ लेते है, लेकिन बहुत से काम ऐसे होते हैं, जिसे बहुत दिनों तक नहीं किया जा सकता है। लौंडा डांस इसी मे से एक है। बढ़ती उम्र के कारण इस डांस को लोगों को छोड़ना पड़ता है। लेबर चौराहे पर कई लोग ऐसे भी मिले जो लौंडा डांस के साथ-साथ पंजाबी ढोल भी आवश्यकतानुसार बजाते हैं, लौंडा डांस और पंजाबी ढोल बजाने का काम पूरे वर्ष नहीं मिलने के कारण विकल्प के रुप

में लोगों को दूसरे काम ढूँढ़ने पड़ते है। इसी कड़ी में कई लोग ऐसे मिले जो मजदूरी का कोई भी काम करने के लिए चौराहे पर आ जाते हैं।

फैक्ट्री बन्द हो जाने से

लेबर चौराहे पर कई लोग ऐसे मिले जो देश के विभिन्न भागों में फैक्ट्रियों में काम करते थे, लेकिन फैक्ट्रियों के बन्द हो जाने से उन्हें बेरोजगार होकर वापस घर में आना पड़ा है। एक ओर गरीबी और दूसरी ओर कोई काम नहीं होने के कारण ऐसे लोगों के पास विकल्प का अभाव होने से वे आज चौराहे पर काम की तलाश के लिये खड़े हैं। चप्पल और धागे की फैक्ट्री इन्हीं में से है। चौराहे पर खड़े लेबर (मजदूरों) का कहना है कि जब जैसा समय होता है, वैसा काम किया जाता है।

गाड़ी पर हेल्पर का कार्य

कई मजदूरों ने कहा कि वे अपने शहर से दूर मुम्बई, दिल्ली, कोलकाता, मद्रास आदि बड़े शहरों में गाड़ी पर हेल्परी का कार्य करते थे, लेकिन हेल्परी के काम में घर से दूर होने से कारण उन्हें वापस आना पड़ा और बनारस शहर उनके घर के पास होने के कारण यहाँ पर लेबर का काम करने के लिये बाध्य होना पड़ा।

लेबर चौराहे की सबसे बड़ी बात यह है कि कोई किसी को जानता नहीं है, लेकिन कोई किसी के काम में दखलन्दाजी भी नहीं करता है। कोई भी काम आने पर कई लेबर एक साथ दोड़ते हैं कि शायद उन्हें काम मिल जाए। यदि सौदा पट जाता है तो वे काम पर चले जाते हैं, और यदि नहीं पटता है तो फिर दूसरे काम के आने का इन्तजार करते हैं। चौराहे पर किसी तरह का भेदभाव नहीं है। न जाति और न ही धर्म का। यहाँ तक कि यहाँ के खिड़किया घाट और गोवर्धन मन्दिर में हिन्दू, मुसलमान, सभी मिलकर रात बिताते हैं। कुछ मजदूरों ने बताया कि गर्मी के दिनों में (वर्ष-2015 में) रात गुजारना उनके लिये कितना मुश्किल हो गया। राजघाट और खिड़किया घाट की सीढ़ियों पर वे रात्रि में गंगाजी से पानी लाकर छिड़ककर सोये थे। सीढ़ी ठंडी नहीं हो रही थी। उनके पास बिछाने के लिए मात्र एक गमछा था। वे जब अपना गमछा विछाकर सोने लगे तो बहुत सारे कुत्ते आ गये और एक-एक व्यक्ति के अगल-बगल चार-चार, पाँच-पाँच कुत्ते भी सोये। आखिर उन्हें भी ठंडक की जरूरत थी। इन समस्याओं को झेलता हुआ मजदूर अपना जीवन, जानवर की तरह, बिता रहा है। तभी तो कबीरदास ने कहा है—

> ''धीरे-धीरे रे मना,
> धीरे सब कुछ होय।''

आज स्थितियाँ अत्यन्त ही नाजुक हैं। मंहगाई चरम सीमा पर है। गरीब और

मजदूर व्यक्ति को तो एक कुल्हड़ चाय के लाले पड़े हुए हैं। पाँच रुपये का नमकीन खाकर वह लम्बी दूरी पैदल ही तय करने के बाद चौराहे पर खड़ा होकर काम ढूँढ़ रहा है। मजदूरों की किसी से कोई दुश्मनी नहीं है उनका कहना है कि "पराये स्थान पर किसी से दुश्मनी नहीं की जा सकती है। गरीब आदमी का कौन है? वे करते हैं तो खाते हैं, नहीं तो नहीं खाते हैं। लोग मजदूरों का खून पीते हैं।"

जीवन की आपा-धापी में मजदूर जिस तरह से चौराहों पर खड़ा होकर काम ढूँढ़ रहा है, और उसके मन में जितने प्रश्न हैं, उसका समाधान आज नहीं तो कल ढूँढना ही होगा। यह सोचना कि उनकी समस्याओं का समाधान अपने आप हो जाएगा, यह एक छलावा है। गाँधी का अन्तिम व्यक्ति जिसके उत्थान की बात गाँधी जी ने की है, वह चौराहे पर खड़ा है। गाँधी जी ने मेरे सपनों का भारत में कहा है कि मैं ऐसे भारत के लिये कोशिश करुँगा, जिसमें गरीब से गरीब आदमी भी यह महसूस करे कि यह उसका देश है, जिसके निर्माण में उसकी आवाज का महत्त्व है। यह बहुत बड़ा प्रश्न है कि चौराहे पर कौन है? सच्चाई यह है कि चौराहे पर वह व्यक्ति तो नहीं ही है जिसके पास सब कुछ है। चौराहे पर वही खड़ा है जो गरीब है, कई पीढ़ियों से जो गरीबी का जीवन जी रहा है, और बहुत प्रयास के बाद भी जिसकी गरीबी दूर नहीं हो पायी है। वह जातियाँ जो सम्पूर्ण समाज में व्यवस्था बनाये हुए हैं, समाज और लोगों के घरों में सफाई करती हैं, दूसरों के खेतों में कटाई और मड़ाई करती हैं, वे जातियाँ जो किसी कोने में बैठकर कोई भी काम करती है, लोगों का घर बनाती हैं, ईंट-पत्थर ढोती हैं, गारा-मिट्टी तैयार करती हैं, लकड़ियों का सामान तैयार करती हैं, लोहे को पीटपाट कर घर में लगाने योग्य बनाती हैं, घरों में चुनाई-पोताई करती है, खाना मिला तो ठीक, नहीं तो भूखा ही सोने की जिन्हें आदत बन चुकी है, ऐसे लोगों की लम्बी सूची है। ऐसे अनगिनत लोग हैं, जिन्हें छूने से भी लोग परहेज करते हैं, वे हम सभी के जीवन में व्यवस्था प्रदान करते हैं। उन्हें काम मिला तो ठीक नहीं तो बनारस जैसे शहर में गंगा की लहरों को देखकर, तालाब के किनारे (रामनगर में) मन्दिरों के आसपास, या और कहीं भी जहाँ जगह मिला वहीं बैठकर या घर जाकर करवटें बदलते हुए एक-एक दिन गुजार देते हैं। एक मोटरसायकिल या एक स्कूटर आने पर लेबर चौराहे पर जिस तरह से लेबर काम पाने के लिये दौड़ते हैं, उसे देखकर देश में फैली हुई बेरोजगारी की कल्पना की जा सकती है। कितना समय और शक्ति वे काम पाने के लिये लगाते हैं, उसका आंकलन भी आवश्यक है। काम मिला तो ठीक और यदि काम नहीं मिला तो उसकी मन:स्थिति और उसके मनोविज्ञान को समझना और भी आवश्यक हो जाता है। वर्तमान समय में जिस तरह से अपनी बर्बाद होती खेती को देखकर किसान आत्महत्या कर रहे हैं, उससे निपटना बहुत आसान नहीं है। तस्वीर का एक और

पहलू भी है, जिसकी चर्चा आज नहीं तो कल करनी ही होगी। मैं जितने भी मजदूरों से मिली, वे गाँव से शहर की ओर जब कमाने के लिये आ जाते हैं, तो उन्हें अपने परिवार की चिन्ता लगातार लगी रहती है। कभी-कभी वे, छह-छह माह तक घर नहीं जा पाते हैं। जब ये मजदूर बहुत दूर, कमाने के लिये जाते हैं, और परिवार, संयुक्त होता है, उस समय तो उन्हें परिवार की उतनी चिन्ता नहीं रहती है। लेकिन परिवार में बँटवारा होते ही बहुत से मजदूर (लेबर) अच्छा पैसा मिलने वाला काम भी छोड़कर वापस आ जाते हैं और घर के पास मिलने वाला काम करते हैं। उन्हें परिवार में अपनी पत्नी की चिन्ता सबसे ज्यादा रहती है। बच्चों की पढ़ाई और उनके स्वास्थ्य को द्वितीयक मानते हुए न जाने कितने मजदूरों ने स्पष्ट शब्दों में कहा कि ''घर जाकर मेहररुआ को देखना जरूरी है।'' कई मजदूरों ने साफ शब्दों में कहा कि ''जब मैं कमाकर घर वापस आता हूँ तो पत्नी तवज्जो नहीं देती है। गालियाँ देती है और कहती है कि अच्छा हो कि तुम वापस शहर चले जाओ और वहीं कमाओ।'' कई मजदूरों ने तो अपनी पत्नी के गाँव के अन्य पुरुषों से सम्बन्ध होने की चर्चा खुलेआम की और फूट-फूटकर रोये। उन्हें अपने जीवन की चिन्ता और पत्नी द्वारा दिये गये धोखे से गहरा सदमा पहुँचता है। सामाजिक परिवर्तन की यह अजीब कहानी है। पहले लोग मुखर नहीं होते थे आज वे अपनी बातों और भावों की खुलेआम चर्चा कर रहे हैं। मजदूरों की अनुपस्थिति में उसकी पत्नी ने जो झेला उसका बखान सुनने का समय पति के पास नहीं होता है। कई-कई दिनों तक पत्नी भूखी सोयी होगी, इसकी चिन्ता भी कई बार पति को नहीं होती है। परिवार में जो व्यक्ति पूरे परिवार के हितैषी होते है, वही पति के कमा कर वापस आने पर पति का कुछ झूठा/कुछ सच्चा कान भरते हैं कि तुम्हारी पत्नी का अमुक व्यक्ति से शारीरिक सम्बन्ध हो गया हैं। ऐसा नहीं है कि यह समस्या केवल मजदूर तबके की ही है। आज जिस तरह के सामाजिक परिवर्तन हुए हैं और हो रहे हैं उससे उच्च, मध्यम और निम्न वर्गों में यह समस्या पैदा हो रही है यद्यपि इस तरह के जार कर्म को बढ़ावा नहीं दिया जा सकता है लेकिन इनसान की शारीरिक, आर्थिक, मनोवैज्ञानिक आदि आवश्यकताओं पर खुल कर चर्चा किया जाना भी जरूरी है। पचास प्रतिशत पुरुषों ने कहा कि वे शहर में क्या करते हैं, क्या खाते हैं और कहाँ सोते हैं यह बात पत्नी को नहीं बताते हैं। पत्नी को सिर्फ यह कहते हैं कि शहर कमाने जा रहे हैं। जिस तनाव और असुरक्षा में लेबर अपना जीवन जीता है उसको शब्दों में केवल वही बयाँ कर सकता है। लेबर के लिये जीवन की गाड़ी चलाना आसान नहीं है।

शंकर को आज अपने ऊपर ही दया आ रही है। शंकर का घर कमरौली के आगे सिंघवा में हैं। उसका कहना है कि ''पहले गाय-भैंस बिकती थी, आज हम बिकने के लिये खड़े हैं।'' शंकरपुर,, बलुआरोड़ के मुन्ना का कहना है कि ''जहाँ

जाते हैं, लोग वहीं कहता है, हटो, हटो। किसी तरह की कोई जानकारी भी नहीं है कि कुछ सहायता माँगने जाएं। मुन्ना ने अहमदाबाद, जयपुर, सोनीपत, पानीपत में फूल बेचने का काम लिया। यहाँ पर मालिक को घाटा लगने के कारण यह काम उसे छोड़ना पड़ा। मुन्ना का कहना है कि ''मजदूर आदमी क्या करे? बहुत दुख की बात है कि जिस सीढ़ी से आदमी ऊपर बढ़ता है, उसे ही भूल जाता है। उसे यह पता नहीं कि किस सीढ़ी से हम गये हैं गरीब आदमी घुट-घुटकर मर रहा है, लेकिन अमीर आदमी को अहसास ही नहीं है कि उसे भी एक दिन मरना है। गरीब आदमी का बच्चों-बीबी के आगे यह कहना कि पैसा नहीं है, उसी दिन वह मर गया।''

सरैंया लेबर मंडी के जगमोहन ने पचास वर्ष तक साड़ी की बिनाई (बुनाई) किया। उनका पुश्तैनी धन्धा साड़ी की बिनाई ही रहा है। एक तो इस धन्धे में मन्दी आ गयी। दूसरे पैंसठ वर्ष की उम्र में आँखों से कम दिखाई पड़ता है। कर्ज लेकर किसी तरह गृहस्थी की गाड़ी चल रही है। कोटवाँ के साहब लाल मजदूर ने कहा कि ''गृहस्था (मालिक) का माल लाकर बीनते थे। लेकिन इस धन्धे में ऐसी मन्दी आई की हाथों से काम छिन गया। पहले मकान बनाने वालों को देखकर दया आती थी कि देखो धूप में काम कर रहा है। आज वही काम हम लोग कर रहे हैं।''

बलिया के मीड्ढा गाँव का सुरेश इन्टर, साइंस से है। पहले वह मुम्बई और दिल्ली में सामानों को पैक करने और सामानों को उतारने-चढ़ाने का काम करता था। लेकिन इस काम में पैसा कम होने के कारण वह बनारस में मजदूरी और मिस्त्री का काम करने आ गया। यहाँ के चौकाघाट मुहल्ले में एक हजार रुपये में दस मजदूर मिलकर एक ही कमरे में रहते है। कई दिनों से लगातार काम नहीं मिलते से सुरेश दुखी है। उसका कहना है ''हम लोगों को कौन पूछता है? लेबरों (मजदूरों) की कोई गिनती नहीं है। सभी लोग जानते हैं कि यह लेबर मंडी है। हर मंडी में एक रजिस्टर होना चाहिए कि कितने लोग आये और कितनों को काम मिला? हम चौराहे पर खड़े लोगों को कोई तो काम मिले। नब्बे आदमी रिटर्न गया तो कम से कम उसकी हाजिरी तो लगे। जिस प्रकार पेंशन मिलता है उसी तरह हम लोगों को भी पैसा मिलना चाहिए। चौराहे पर आकर इतने आदमी वापस चले जा रहे हैं, उसके बारे में सरकार को कुछ तो सोचना चाहिए। गरीब आदमी इतना झेलता है, फिर भी उसके बारे में कोई सोचता नहीं है। सारनाथ थाने के पास छाहीं गाँव के विनोद को कई दिनों से काम नहीं मिला है। भूखे विनोद ने यहाँ के मैदागिन चौराहे पर एक रात पल्लेदारी का काम किया तो पुलिस ने उसे बहुत तंग किया।

अध्याय : छह

बुनकर और मजदूरी

बनारस के बुनकरों का कारोबार, हथकरघा उद्योग के रुप में जाना जाता है, लेकिन पिछले कई वर्षों से इस कारोबार पर ग्रहण लग गया है। केवल बनारस ही नहीं पूर्वांचल के कई जिलों के बुनकर इस बिनकारी के काम से पलायन कर रहे हैं। रोजी-रोटी के नये ठौर तलाशने के लिए ये बुनकर दूसरे काम की ओर भाग रहे हैं। नौजवानों के पलायन से उनके पूरे परिवार में हताशा और निराशा है। कितने दु:ख की बात है कि जिन बुनकरों के परिवार छः-सात पीढ़ियों से इस काम में लगे हुए थे, वे आज सड़कों पर आ गये हैं। जिस दस्तकारी/कारीगरी को पूरे विश्व में एक मिसाल के रुप में देखा जाता है, उस दस्तकारी के काम को करने वाले लोग आज रोजी-रोटी के लिए मोहताज हैं। न तो उनके पास शिक्षा है, और न ही अन्य काम को करने का हुनर। ऐसी परिस्थितियों में वे जाएं तो कहाँ जाएँ। एक ओर अशिक्षा है तो दूसरी ओर गरीबी है। जिस धन्धे को पूरा परिवार मिलजुल कर करता था, आज सब कुछ तितर-बितर हो चुका है। न जाने कितने बुनकर मजदूरी करने को बाध्य हैं। बनारस शहर के बुलानाला, सरैंया, पीलीकोठी, बड़ी बाजार तथा रामनगर के लेबर मंडी में ये बुनकर सड़क पर सुबह से ही काम ढूँढ़ने के लिए खड़े, मिल जाएँगे। बुनकरों की जो अब मजदूर बन गये हैं, की अपनी कहानी है। जैतपुरा के रहने वाले बुनकर अतीक जो अब दुल्हीपुर में चवन्नी भर जमीन लेकर कच्चा घर बनवाकर रह रहे हैं, सार्वजनिक वाहन से बुलानाला मंडी में रोज काम की खोज में आते हैं। अतीक का कहना है कि ''काम मिले या न मिले लेबर मंडी में यह सोचकर रोज आना पड़ता है कि **मालिक ने मुँह दिया है तो काम भी वही देगा।**''

इस महान देश के बारे में सोचते हुए बहुत सारे प्रश्न मजदूरों के दिमाग को झकझोरने लगते हैं। एक ओर बुनकर अपनी कला को छोड़कर गारा-मिट्टी कर रहा है तो दूसरी ओर मजदूरी करने के लिए उसे अपनी पहचान तक छुपानी पड़ती है। कई बार उसने अपना नाम तक बदल दिया। बबलू अंसारी, उम्र 30 वर्ष पुराना पुल पर रहता है। उसने दस वर्षो तक साड़ी की बुनाई किया। ताना-बाना महँगा हो गया।

हथकरघे के काम के स्थान को पावरलूम ने ले लिया। चार बच्चों का पिता बबलू पीलीकोठी लेबरमंडी से काम ढूँढ़कर बालू-गिट्टी ढो रहा है। जीवन से निराश बबलू अंसारी को लगता है कि 'आखिर जीवन चलाने का रास्ता कैसे बनेगा?'

पीलीकोठी लेबर मंडी के असलम अंसारी ने सात-आठ वर्षों तक बिनकारी (बुनकर) का काम किया। अपना हथरकघा भी था और मजदूरों को रखकर भी हथकरघा चलवाने का काम असलम अंसारी करता था। असलम आज लेबर मंडी में काम ढूँढ़ने को बाध्य है। दस वर्ष से मजदूरी कर रहे असलम को जो भी काम मिलता है, जैसे—गड्ढ़ा खोदना, झउआ-मिट्टी ढोना, गारा मिट्टी सब कुछ कर लेता है। जैसा काम होता है, वैसा पैसा मिल जाता है। जिस दिन काम नहीं होता है, उस दिन असलम आराम करता है। असलम को दुख इस बात है कि सत्तर प्रतिशत मजदूर वापस चले जाते हैं और तीस प्रतिशत को ही काम मिल पाता है।

मुहम्मद सलीम ने लेबरई को परिभाषित करते हुए कहा कि यह बेगारी का काम है। मुम्बई में नौ हजार रुपये महीने पर पावरलूम चलाने वाले मुहम्मद सलीम वहाँ से आकर पूना में प्लास्टिक की फैक्ट्री में काम करने लगा। लेकिन पूना बहुत दूर होने के कारण उसे वापस आना पड़ा। वापस आने के बाद वह यहाँ के लेबर मंडी में काम ढूँढ़ने लगा। पुराने पुल के रहने वाले मुहम्मद सलीम ने कहा कि "वक्त की लाचारी जो न करवाये।"

आफताब, उम्र-18 वर्ष, जाति-पठान, बनारसी साड़ी की बुनाई करता था। पहले बनारस शहर के चौहट्ठा मुहल्ले में रहता था और वहीं बुनाई करता था। पाँच तक पढ़े आफताब को माल महँगा होने के कारण साड़ी की बुनाई बन्द करनी पड़ी। अब यहाँ पड़ाव पर एक हजार रुपया महीने पर किराये के घर में रहने वाले आफताब के पिता रिक्शा चलाते हैं। दो भाई अभी भी साड़ी की बुनाई करते हैं। दो साल से लेबरई (मजदूरी) के पेशे में आये आफताब को लगातार काम नहीं मिलता है। एक तो मौसम की मार, दूसरे दिसम्बर, जनवरी और फरवरी में पड़ने वाली ठंड के कारण मजदूरों को काम नहीं मिलता है।

रामलखन पटेल, दुल्हीपुर (बगहीं) से आते हैं। दीवालों पर पुताई का काम करते हैं। दारु रोज पीते हैं, और पान खाते हैं। रामलखन को दु:ख इस बात है कि "लोग काम करवा कर पैसे नहीं देते हैं। बिना बात के गाली देते हैं और थप्पड़ तान देते हैं।" रामलखन एक बार काम करते समय जल गया था, जिससे उसका काफी पैसा दवा कराने में चला गया।

सासाराम के तोरना-तोरनी गाँव के संजय कुमार हरिजन बहुत मुश्किल से कक्षा चार तक ही पढ़ पाये हैं। संजय पढ़ना चाहते थे, लेकिन घर की गरीबी और मास्टर लोगों के व्यवहार के कारण पढ़ नहीं पाये। संजय को दुख है कि जाति विशेष

का होने के कारण मास्टर जी कूड़ा फेंकवाते थे। करीब एक महीने तक संजय ने कूड़ा फेंकने का काम किया। मास्टर कहते थे कि बरतन माजो तथा प्रतिदिन दो-चार छड़ी मार देते थे। संजय का कहना है कि "अपनी स्थिति के बार में क्या कहें? हम रोएँगे, गोएँगे और सो जाएँगे। इस तरह दिन बीत जाएगा।"

बड़ी बाजार के बुनकर मार्केट में लगने वाली लेबर मंडी के बुनकरों ने कहा कि आज लेबर मंडी का लेबर अपने अस्तित्व को लेकर चिन्तित है। भभुआ के चैनपुर से आकर बनारस में रहने वाले इस्लाम की उम्र अब लगभग सत्तर वर्ष हो चुकी है। चैनपुर के नवधरा में वे कुछ खेती और मिस्त्री (घर बनाने) का काम करते थे। उनके तीन बेटे हैं। तीनों मुम्बई में रहकर काम करते हैं। नक्खीघाट के एक मस्जिद में रहकर वह अपना जीवन बसर कर रहे हैं। आज भी बड़ी बाजार की लेबर मंडी में समय से काम ढूँढ़ने के लिए खड़े रहते हैं।

बड़ी बाजार के लेबर मंडी में ही मजदूरी करके काम ढूँढ़ने आये हीरा की उम्र लगभग बयालीस वर्ष है। अलईपुर के खोजापुरा, अहीराना में स्थायी निवास है। हीरा ने पच्चीस वर्षों से भी ज्यादा दिनों तक हथकरघे पर साड़ी की बुनाई किया। हीरा के पास दो हथकरघे थे। हीरा की पत्नी दूसरों के घरों में बर्तन माँजने का काम करती है। हीरा कई वर्षों से गारा-मिट्टी का काम कर रहा है। हीरा का कहना है कि "पेट के लिए आदमी को कुछ भी करना पड़ता है। बुनकरी के धन्धे में चार दिन में तीन सौ रुपया पहले भी मिलता था और आज भी तीन सौ रुपया ही मिल रहा है। ऐसे में खर्च कैसे चलेगा?"

मोमिनपुरा, नक्खीघाट के रहने वाले सलीम की उम्र लगभग पचास वर्ष है। सलीम के अपने बीस हथकरघे थे। लोगों को रखकर वह काम करवाता था। वर्तमान समय में ताना-बाना इतना महँगा हो गया है कि सलीम को इस काम से हटना पड़ा। फिर पावरलूम भी आ गया। बाजार में जहाँ सलीम अपना माल सप्लाई करता था, वे लोग उसे साव कहकर बुलाते थे। आज उन लोगों को देखकर उसे लुकना (छिपना) पड़ता है। जिस समय बुनकरी का काम हाथ से निकला, उस समय समझ में नहीं आ रहा था कि क्या करें? ऐसी स्थिति में इस पेशे में आना पड़ा। उसकी पन्द्रह मिस्त्रियों से अच्छे ताल्लुकात हैं, जिससे उसे काम की कमी नहीं रहती है। सलीम को लगता है कि "हिन्दुस्तान की आजादी अन्धेरे में है। बीस-बीस हथकरघे थे। जितना माल तैयार होता था, विदेशी लोग ले जाते थे। माल इतना अच्छा होता था कि जितनी बार माल छूते थे, उतनी बार उसका दाम बढ़ जाता था। आज इस देश की स्थिति यह है कि कोई बिना खाये मर रहा है तो कोई अपना पैसा देखकर मर रहा है।"

बड़ी बाजार के शमशेर ने बीस वर्ष तक हथकरघा चलाया। छः तक पढ़ा शमशेर पिछले दो वर्ष से बड़ी बाजार के लेबर मंडी में आ रहा है। जलालीपुरा, थाना

जैतपुरा के रहने वाले शमशेर का कहना है कि आज स्थिति यह है कि एक हजार की साड़ी 5 सौ रुप में बिक रही है। उसका कहना है कि ''मजबूरीवश इस काम में आये। आखिर गरीब आदमी रोज कुँआ खोदकर ही पानी पीता है। शमशेर को लगता है कि बनारस में जितनी भी लेबर मंडी है, उसमें तीन मंडी ही सुनहरी मंडी है। ये मंडी है—पीलीकोठी, सरैंया और बड़ी बाजार। यहाँ आने पर काम जरूर मिल जाता है।'' शमशेर का कहना है कि यहां एक लेबर मंडी ऐसी है, जहाँ पुराने लेबर, नये लेबर को देखकर मारने लगते हैं। यह लेबर मंडी है, गुरुधाम की लेबर मंडी। गुरुधाम में ज्यों ही नये लेबर को देखते हैं, उसे हड़काने लगते हैं, मारते हैं। शमशेर का कहना है कि बुनकरों के काम में ऐसा मन्दा आया कि बड़े-बड़े लोग ट्राली खींच रहे हैं। फिर भी शमशेर अपने काम से दुखी नहीं है, क्योंकि इस काम में रोज पैसा मिल जाता है। शमशेर ठेका लेकर काम करना पसन्द करता है।

चेतगंज लेबर मंडी में तीन वर्ष से काम के लिए आ रहे बेलाल की उम्र 32 वर्ष है। सोलह वर्ष तक बेलाल ने बुनकर का काम किया। बनारस के जैतपुरा में उसका अपना घर है। बेलाल खुद हथकरघा चलवाने का काम करता था। उसके पास पचास कारीगर थे। उसका कहना है कि ''एकाएक मन्दा आया। साड़ी बिकती ही नहीं थी। लागत भी नहीं मिल पाता था। पाँच साल बहुत झेले हैं। स्थिति भूखमरी तक आ गयी। हमारा कारीगर ही हमें लेबर मंडी में ले आया।'' कारीगर ने कहा कि ''बैठने से कुछ नहीं होगा। चलो अब हम लोगों का कुछ नहीं होने वाला है। हम लोग इलाके के हैं, इसलिए बहुत सोच-समझकर काम करना पड़ता है।'' बेलाल अंसारी ने कहा कि मन में तो बहुत कुछ सोचते हैं। यह भी सोचते हैं कि फिर से उसी लाइन में चले जाएँ। काम नहीं मिलता तो घर में यह नहीं बताते कि काम नहीं मिला। रिश्तेदारों को यह बात पता ही नहीं है कि अब मैं लेबर मंडी से मजदूरी ढूँढ़ने का काम कर रहा हूँ। भाई और पिता आज भी बिनकारी के काम में लगे हुए हैं। लेकिन दूसरे महाजन का काम करते हैं।''

चेतगंज के लेबर मंडी में मजदूरी के काम के लिए आये अनवर अहमद अंसारी, उम्र-35 वर्ष ने कहा कि ''मजबूरी और हालात के कारण यहाँ आये हैं। पीलीकोठी में अनवर अहमद का अपना घर है, वहाँ लेबर मंडी भी लगती है, लेकिन पीलीकोठी से अपनी इज्जत बचाने के लिए अनवर अहमद चेतगंज की मंडी में काम के लिए आता है। अनवर अहमद के बच्चे अभी छोटे हैं और मदरसे में पढ़ते हैं। चेतगंज की मंडी में वह दस साल से आ रहा है। उसका कहना है कि ''यह एक मुकद्दर की लड़ाई है, जिसे काम मिल जाता है तो मिल जाता है, और जिसे काम नहीं मिलता तो नहीं मिलता।' कोई मंजिल कोई रास्ता नहीं मिल रहा है? आखिर जीवन का क्या होगा?'' अनवर की बीबी साड़ी में नगीना लगाती है।'

बुनकरों के जीवन की समस्याओं को देखते हुए बहुत सारे प्रश्न समाज से पूछे जा रहे हैं। तीस वर्षीय आफताब, दुल्हीपुर के महावलपुर से बुलानाला की लेबर मंडी में काम करने के लिए आया है। पहले वह हथकरघा पर बनारसी साड़ी की बुनाई करता था। हफ्ते में पाँच सौ रुपया कमा लेता था। धीरे-धीरे इतनी मन्दी आयी कि बाजार ही चौपट हो गया। पावरलूम चलाना सीखा नहीं है। अल्लाह पर विश्वास करने वाले आफताब को लगता है कि ''मालिक ने पेट दिया है तो काम भी वहीं देगा।'' जिस दिन काम नहीं मिलता है, उस दिन वह सिर पर हाथ रखकर बैठता है। घर पहुँचते ही फिर कल के बारे में सोचता है। काम नहीं मिलने पर उसे लगता है कि आत्महत्या कर लें।

लेबर चौराहे पर खड़े सभी मजदूरों को लगता है कि यहाँ पेट पालने के लिए कोई न कोई सहारा चाहिए। मंडी में खड़ा लेबर यही सोचता रहता है कि आगे इतने से ही जियाना (बच्चों को जिन्दा रखना) खाना है। इन्हीं विचारों के साथ मजदूर जिन्दा रहता है।

आज इन लेबर चौराहों को देखकर और बनारस के खत्म होते धन्धों को समझने के लिए डॉ. मोतीचन्द्र द्वारा लिखित पुस्तक 'काशी का इतिहास' को समझना आवश्यक है। यदि ये धन्धे खत्म न होते तो कम से कम हर चौराहे पर लेबर मंडी नहीं लगती। काशी का इतिहास के अनुसार ''नाना प्रकार के कुटीर उद्योगों की श्रेणियाँ प्राचीन काल में बन गयी थीं। एक ग्वाले या अहीरों की श्रेणी, जिनकी बड़ी जनसंख्या अभी तक काशी जनपद की शोभा हैं और दूसरी वाराणसी के चारो ओर बसने वाली जंगली जातियों का संगठन जो शहर के जीवन के लिए उपयोगी बहुत से धन्धों में लगी हुई थी। लकड़ी काटना, कोयला फेंकना, टोकरी-पत्तल बनाना आदि कितने ही उद्योग इन्हीं के सहारे आज भी चलते हैं। इसके अतिरिक्त और भी शिल्पियों की श्रेणियाँ काशी में रही होंगी। उनकी कारीगरी के असली या लिखित प्रमाण उपलब्ध हैं जैसे—कुम्भकार श्रेणी जिनके बनाये हुए मिट्टी के भांडे और खिलौनों के भंडार भारत कला भवन में भरे हैं। पत्थर बनाने वाली शिल्पी श्रेणी भी काशी में बहुत सक्रिय थी। जब तक भारत हैं, तब तक काशी की इस शिल्प कला का स्थान गौरवपूर्ण बना रहेगा। काशी के वस्त्र तो जातक युग से ही नामी हो गये थे। जिन्हें कासेय्यक कहते थे। वे वस्त्र तो नहीं रहे, पर उनकी सजावट में प्रयुक्त होने वाले अलंकरणों का एक छटापूर्ण नमूना सारनाथ में घम्मेख स्तूप में शिलापट्टों से निर्मित आच्छादन पर अभी तक शोभा की वस्तु है। बनारस फूलों की नगरी थी, जो अभी तक काशी के रुचिपूर्ण नागरिक जीवन का विशेष लक्षण है।''

काशी का इतिहास, लेखक डॉ. मोतीचन्द्र ने पृष्ठ 38 पर लिखा है कि

जातकों और बौद्ध साहित्य में बनारस की ख्याति अधिकतर उसके व्यापार के कारण थी। काशिक वस्त्र के उल्लेखों से तो सारा बौद्ध साहित्य भरा पड़ा है। काशी के बने वस्त्रों को काशी कुत्तम और कहीं-कहीं काशीय भी कहते थे।

बनारस के आस-पास एक समय बहुत अच्छी कपास पैदा होती थी। तुंडिल जातक में बनारस के आसपास के खेतों का वर्णन है। स्त्रियाँ इन खेतों की रखवाली करती थीं। बनारसवासी स्त्रियों द्वारा महीन सूत कतवाकर गंडियाँ बनवाते थे।

बनारस में सूती कपड़ों के सिवा क्षौम और शायद ऊनी कपड़े भी बनते थे। बनारस के रेशमी वस्त्र का एक जगह उल्लेख है। काशी में कसीदे का काम भी बनता था और इसे कासिक सूची वत्थ कहते थे। (काशी का इतिहास)

काशी में सुगन्धित द्रव्यों का भी व्यापार होता था। बनारस में खोज करने से पता चला कि बरना के किनारे चन्दन के बहुत से पेड़ थे। खजुरी के पास तो प्राय: सब बगीचों में चन्दन के पेड़ थे। जान पड़ता है कि महाजनपदयुग में काशी में बहुत अच्छा चन्दन होता था। (काशी का इतिहास, पृष्ठ 38, डॉ. मोतीचन्द्र, वर्ष 2003)

जातकों से पता चलता है कि बनारस में बढ़ईगिरी का काम बहुत अधिक होता था। एक जातक में कहा गया है कि तब बनारस से थोड़े ही दूर एक बढ़इयों का ग्राम था, जिसमें पाँच सौ बढ़ई रहते थे। उनका काम था नाव के द्वारा नदी के ऊपर जाकर जंगल में घुसकर घरों के लिए धरन और तख्ते चीरना। बनारस में बढ़इयों का एक मुहल्ला था, जिसमें एक हजार बढ़इयों का परिवार रहता था। बनारस में हाथी दाँत का भी बाजार था। बनारस में निषादों या मल्लाहों की बहुत बड़ी संख्या रही है और इनका व्यवसाय मछली मारना और नावें चलाना है।

व्यापार का प्रसिद्ध केन्द्र होने के कारण बनारस से बराबर कारवाँ चला करते थे। काशी का इतिहास में डॉ. मोतीचन्द्र ने लिखा है कि कुषाण युग में भी बनारस में अच्छे से अच्छे कपड़े बनते थे और इसके लिए काशिकवस्त्र, काशी तथा काशिकांश शब्दों का व्यवहार हुआ है। भैषज्यगुरु सूत्र में एक जगह कहा गया है कि काशिकवस्त्र बहुत महीन होते थे। काशिकवस्त्र से पहनने के बहुत अच्छे कपड़े बनने का भी उल्लेख है। एक उल्लेख से पता चलता है कि काशी से बहुत कपड़ा बाहर जाता है।

यहाँ के रोजगार को देखकर बिशप हेबर को आश्चर्य हुआ। वे कहते हैं- "वास्तव में बनारस रोजगारी, पवित्र और रईसों का नगर है।" उत्तर के शाल, दक्षिण के हीरे और ढाका तथा पूर्व की मलमलें यहाँ आती हैं और यहाँ के कारखानों में कीमती, रेशमी, सूती और ऊनी कपड़े भी बुने जाते हैं। (सन्दर्भ—काशी का इतिहास-डॉ. मोतीचन्द्र)

उपरोक्त उदाहरणों को इसलिए दिया गया है कि यहाँ के बुनकर जो प्राचीन समय से ही बुनकरी का काम करते थे, और यहाँ के बुने हुए कपड़े बाहर जाते थे,

आज उन बुनकरों की स्थिति अच्छी नहीं है। शहर हो या गाँव जिन लोगों ने भी हथकरघे लगाये थे वे अब सूने पड़े हुए हैं या वे बिक चुके हैं।

हुनरमन्द बुनकरों ने बुनाई की बेहतरीन कला को पीढ़ी दर पीढ़ी सँभाल कर रखा है। आज करोड़ों बुनकर दूसरा रोजगार अपनाने को बाध्य हैं। यह एक सच्चाई है कि इस रोजगार में ज्यादातर वंचित समूह के लोग और महिलाएँ जुड़ी हुई हैं। हथकरघा उद्योग रोजगार मुहैया कराने का बहुत बड़ा साधन है। यह उद्योग पूरी तरह पर्यावरण अनुकूल-विकेन्द्रित और गाँवों पर आधारित है। 2010 की हथकरघा गणना में एक डरावनी तस्वीर सामने आयी। इस गणना के मुताबिक बुनकरों की संख्या सालाना सात फीसदी से घट रही है। हथकरघा की संख्या घट रही है। हथकरघा उद्योग डूबने के कगार पर है। बुनकर इतना भी नहीं कमा पाते कि उनके पूरे परिवार का पेट भर सके। अगर ये कारीगर/दस्तकार अपना हुनर छोड़ देंगे तो यह कला पूरी तरह खत्म हो जाएगी। बुनकरों को भी कलाकारों की तरह ऊँचा स्थान मिलना चाहिए। हाथ से बनाये गये वस्त्र अद्वितीय होते हैं। बुनकर जिस मेहनत, धैर्य, रूचि और हुनर के साथ पीढ़ी दर पीढ़ी से इसे बुन रहा है उस हिसाब से मशीनीकरण के युग में उसे मेहनताना नहीं मिल रहा है। आज हथकरघा उद्योग मजबूत बनाने की जरूरत है।

हथकरघा हमारी सांस्कृतिक विरासत का अहम् हिस्सा है। बनारसी साड़ी और बनारसी कपड़े का पूरे विश्व में एक अलग स्थान है। सांस्कृतिक विभिन्नता और बुनकरों की बड़ी आबादी के बूते भारत हाथ से बने उत्पादों में दुनिया भर की माँग पूरी करने की क्षमता रखता है।

आज बुनकरों के सामने सबसे बड़ी चुनौती पावरलूम से बने कपड़े और सस्ते आयात हैं। पावरलूम से बने कपड़े सस्ते होते हैं और इन्हें आसानी से और जल्दी बनाया जा सकता है। यह सच है कि हथकरघा उद्योग में रोजगार की बहुत बड़ी सम्भावनाएँ हैं। ग्रामीण और दूरदराज के इलाकों में अब भी हथकरघा उद्योग का मुख्य जरिया है। पावरलूम ने भले ही इन बुनकरों के जीवन को आसान बना दिया हो, लेकिन हथकरघा कारीगरों के मुँह का निवाला जिस तरह से छीना वह दुःखद है। जब इन कारीगरों के पास दूसरे रोजगार में जाने का विकल्प ही नहीं हैं तो वे अपने मन को मसोस कर चौराहे पर आने को बाध्य हैं। स्थिति यहाँ तक खराब है कि कोई बुनकर ट्राली खींच रहा है तो कोई रिक्षा खींचने को बाध्य है।

आज लेबर चौराहे पर खड़े बुनकरों की रोजी-रोटी को बचाये रखना आवश्यक है। बहुत दुख की बात है कि हथकरघा बुनकर बहुत कम पढ़े हैं, इससे इनके हुनर और कला की पहचान वैसी नहीं बन पाती है, जैसी बननी चाहिए। आज इन कारीगरों को मजदूर बनने से रोकने के लिए आवश्यक है कि इनके व्यवसाय/कला

को आधुनिक व्यवसाय की तरह बनाया जाए। बनारसी हथकरघा बुनकरों की कला तभी जीवित रहेगी, जब इसे पीढ़ी दर पीढ़ी अपनाया जाए तथा नयी पीढ़ी इस व्यवसाय से जुड़ी रहे।

हथकरघा (संरक्षण के लिए उत्पादों का आरक्षण) अधिनियम–1985 के तहत बिजली के इस्तेमाल के बगैर चलाये जाने वाला करघा, हथकरघा कहलाता है।

परम्परागत शिल्पों के सामने भारत में ही नहीं सारी दुनिया में खतरे के बादल मंडरा रहे हैं। इन शिल्पकारों/दस्तकारों के हुनर और धरोहर को बचाना बहुत बड़ा काम है। यह रोजगार का बहुत बड़ा माध्यम है। आज बुनकरों का संघर्ष उनके जीवित बचे रहने का संघर्ष है। उनकी लड़ाई अपने वजूद को बचाये रखने की लड़ाई है।

यह सच है कि बहुत ज्यादा गरीब लोग भारत में रहते हैं। आज बुनियादी प्रश्नों को छोड़ते हुए हम आगे नहीं बढ़ सकते हैं। खुशहाल भारत के आगे बदहाल लोगों की बहुत बड़ी संख्या है। बुनकर के साथ–साथ चौराहे का हर मजदूर स्वास्थ्य, शिक्षा, आवास, पानी, कपड़े और भोजन की समस्या से जूझ रहा है। उनके जीवन की समस्याओं के बारे में सोचने की फुर्सत किसी के पास नहीं है। पोषण, दवा और स्वच्छ पानी तो शायद सपने की बात है। सरकारें आती हैं, बहुत कुछ कहती हैं और फिर चली जाती हैं। फिर दूसरी सरकार आती है, बड़ी–बड़ी कम्पनियों के आने की बात कहती है, और फिर अपना समय पूरा करके चली जाती है। इनसान अपना जीवन अपने तरीके से चलाता रहता है। उसे इन भाषणों से कोई सरोकार नहीं होता है। न तो इन मजदूरों के पास सोचने का समय है, और न ही उनकी किसी से आशाएँ हैं। यदि आशाएँ होतीं तो वे इन्तजार करते कि सरकार सस्ता ताना, बाना देकर उनके हुनर, रोजी–रोजी को बचा ले। इन बुनकरों ने इन्तजार नहीं किया और लेबर मंडी से मजदूरी ढूँढ़कर मजदूरी करना पसन्द किया। आज उनके करघे बिक चुके हैं यदि कोई लाभ आने की सम्भावना होगी भी तो उसका लाभ क्या इन बुनकरों को मिल पाएगा? शायद नहीं? चौराहे पर खड़े इन बुनकरों से जब कहा गया कि कोई कारीगरी/कला का काम क्यों नहीं ढूँढ़ा तो उनका साफ कहना था कि वक्त ही कहाँ था? एक ओर माता–पिता और सभी बच्चों की रोजी–रोटी का सवाल था तो दूसरी ओर काम ढूँढ़ने की चिन्ता थी। यदि एक दिन भी कमाने नहीं जाते तो भूखमरी की स्थिति आ जाती। कई पीढ़ियों की दस्तकारी/कलाकारी आज गारा–मिट्टी और पल्लेदारी के काम में गुम हो गयी है। यद्यपि बुनकरों की बात बहुत की जाती है, उनके कल्याण की बात होती है, लेकिन उनकी सुध लेने वाला कोई नहीं है। सबसे दु:खद स्थिति यह है कि वे आज जो काम कर रहे हैं, उससे उन्हें मुँह छुपाना पड़ रहा है। वे अपने घर के पास की लेबर मंडी में काम ढूँढ़ने नहीं

जाते हैं। उन्हें डर लगता है कि उनके रिश्तेदार, मालिक, जिनके यहाँ वे काम करते थे, क्या कहेंगे? जिस गद्दी पर वे अपने माल को सजा-सँवार कर ले जाते थे, गद्दी पर बैठते थे, आज वह लेबर मंडी में खड़ा होकर मजदूरी ढूँढ़ रहा है? यह भय, यह संकोच उन्हें अन्दर ही अन्दर रोज खाये जाती है, लेकिन उन्हें इस बात की खुशी है कि कम से कम काम मिलने पर रोज की मजदूरी मिल जाती है। इन बदहाल बुनकरों को मदद की जरूरत है। एक बुनकर ने कहा भी कि हम लोग आराम से जिन्दगी चला रहे थे। एकाएक माल का दाम बढ़ा और यह धन्धा हम लोगों के हाथ से निकल गया। तभी तो दुलहीपुर के रहने वाले, शफीउर्रहमान, उम्र-35 वर्ष कहते हैं कि एक करघा था। रोजी-रोटी ठीक से नहीं चल पा रही थी। बुनकरी के काम में ऐसा मन्दा हो गया कि बाध्य होकर इस धन्धे में आना पड़ा। शफीउर्रहमान का कहना है कि ''दिन में काम नहीं मिलता तो रात में ट्रक आदि के द्वारा आये माल को उतारने का काम (पल्लीदारी) करना पड़ता है। बहुत जाड़े में काम तो मिलना नहीं है। काम नहीं मिलता तो लगता है कि कुछ हेरा (खो) गया है। दिमाग उलझन में रहता है। लगता है कि आत्महत्या कर लें।''

बुनकर मुहम्मद सलीम का कहना है कि ''वक्त की लाचारी जो न करवाये कम है।'' जलालीपुरा के मो. इकबाल की उम्र-26 वर्ष है। मो. इकबाल हथकरघा और पावरलूम (दोनों) चलाने का काम करते हैं। बिज़ली नहीं होने से पावरलूम का काम भी ठीक से नहीं हो पाता है। कई बार भूखमरी तक आ जाती है।

वसीम अकरम, सरैंया में हाजी कटरा के पास रहता है। वसीम की उम्र ज्यादा नहीं है। पहले वह हथकरघा चलाता था, लेकिन इस काम में कम पैसा मिलने से उसने यह काम छोड़ दिया। वसीम का कहना है कि गृहस्था (मालिक, जो लोगों को रखकर काम करवाते हैं) रोज पैसा नहीं देता था। जिससे बाध्य होकर उसने चार वर्ष तक रिक्शा चलाने का काम किया। जिसमें से पचास रुपये रोज का रिक्शे का किराया देना पड़ता है। दोस्त लोग पहले से ही लेबरई का काम करते थे, इसलिए वसीम भी इस काम में आ गया। वसीम को लगता है कि ''हथकरघा चलाना इज्जत का काम है। मजदूरी के काम में जिसके यहाँ भी काम करने जाओ वह अबे-तबे की बात करता है, और पैसा नहीं देता है।''

अजीजुर्रहमान, उम्र-35 वर्ष, सरैंया का रहने वाला है। घर अपना है। पन्द्रह-सोलह वर्ष तक गृहस्था का हथकरघा चलाने के बाद मजदूरी के काम में आ गया। उसका कहना है कि ''बुनकरी के काम में मन्दा आ गया। माल बिकता ही नहीं था तो काम कैसे चलता?'' अजीजुर्रहमान का कहना है कि ''एक जगह मजदूरी का काम कर रहा था। मालिक ने ऐसा मारा कि कान सुन्न हो गया। एक दिन काम करने के बाद तबियत थक जाती है। अल्लाहताला भूखा जगाता है, लेकिन भूखा सुलाता

नहीं है। एक जगह काम करते समय मजबूरी में जज्बे में आ गये। काम कराने वाले नटुआ पर हाथ लगा दिये। मारे भी लोग। ऐसी-ऐसी गाली देते हैं कि रुलाई आ जाए।''

इब्राहिमपुरा के अमजद अली (28 वर्ष) का घर अपना है। अमजद अली का कहना है कि ''पहले बुनकरी करते थे। अक्षर से भेंट नहीं है। हालात से समझौता किये हैं। माँ-बाप गरीबी से पढ़ा नहीं पाये।'' अमजद अली ने कहा कि ''मन में लगता है कि घुट-घुटकर जीने वाली जिन्दगी है। निवाला डालते हैं तो दिमाग में लगता है कि अगले क्षण क्या होगा? अफसोस में रहते हैं कि काम मिलता रहे।'' भभुआ के चैनपुर से आये जिलानी अंसारी ने बनारस में रहकर चालीस वर्षों तक बनारसी साड़ी की बुनायी किया। अब उसकी एक ही आस है कि बेटे को नौकरी मिल जाए। जिस शहर में इतने वर्षों तक रहे, वहीं अब मजदूरी का काम करने पर जिलानी को शर्म आती है। पहले जिलानी का निवास वहीं था, जहाँ वह साड़ी बुनते थे। अब वह राजघाट स्टेशन पर रहते हैं। वहीं नहाते, खाते और पखाना जाते हैं। कोई पहचान न लें, इसलिए चेतगंज चौराहे पर मजदूरी पाने के लिए खड़े होते हैं। परिवार को अभी भी लगता है कि जिलानी साड़ी बुनते हैं। जिलानी का कहना है कि ''मन में यही सोचता रहता हूँ कि किसी तरह दुःख चला जाए।'' सच्चाई यह है कि वर्ष 2014 की अपेक्षा 2015 में पचहत्तर प्रतिशत कारोबार में गिरावट से आज, चौराहे पर खड़ा बुनकर ही नहीं, बल्कि हर बुनकर कराह रहा है। देश और विदेशों में उनके द्वारा तैयार माल की माँग नहीं हो रही है। कुछ राजनैतिक कारण तो कुछ अन्य कारणों से बुनकरों को तंगहाली देखनी पड़ रही है। पहले बांग्लादेश में पच्चीस प्रतिशत बनारसी वस्त्रों की माँग होती रही है लेकिन आज स्थिति यह है कि व्यापारियों के नहीं आने से माल की बिक्री नहीं हो रही है। बुनकरों द्वारा तैयार जो बनारसी साड़ियाँ श्रीलंका में भेजी जाती थीं उनकी जगह तमिलनाडु और गुजरात की साड़ियों ने कब्जा जमा लिया है। इन वजहों से बनारस के कारोबार पर जबर्दस्त असर पड़ा है। व्यापारियों का कहना है कि गुजरात और दक्षिण भारत के वस्त्रों की अपेक्षा बनारस का माल महँगा भी होता है। आज बुनकरों को अपने ही मालिक से मुँह छुपाना पड़ रहा है। स्थिति यहाँ तक खराब हो चुकी है कि जहाँ वह गद्दी पर बैठकर अपने माल/साड़ियों की बारीकी को बताता था, वही आज वह रिक्शा खींच रहा है या फिर इस चौराहे से उस चौराहे तक मजदूरी पाने के लिए दौड़ रहा है।

अध्याय : सात

चौराहे के लेबर के लिए शौचालय और स्वच्छ पेयजल

चौराहे पर खड़े होकर काम ढूँढ़ने वाले मजदूरों के लिए जीवन की परिस्थितियाँ ऐसी कठिन होती हैं कि शौचालय और स्वच्छ पेयजल उसके लिए सपना जैसा होता है। मजदूर वैसे भी शौचालय और पानी के लिए इधर-उधर भटकता रहता है। वह जहाँ सोता है, वहाँ से शौचालय जाने के लिए उसे दूरी तय करती पड़ती है। बनारस जैसे शहर में काम ढूँढ़ने आये मजदूरों के ठहरने और सोने का स्थान निश्चित नहीं होता है। वैसे यहाँ के गंगा के आस-पास शौचालय करने पर प्रतिबन्ध है, फिर भी जो लोग गंगा की सीढ़ियों और गंगा पर लगे छतरी (पंडे लोग अपने बैठने के लिए लगाते हैं) के नीचे रात्रि में सोते हैं, वे पास के कच्चे घाटों पर शौच कर लेते हैं। लेबर मंडी के मजदूरों का न तो काम करने का कोई स्थान निश्चित होता है, और न ही सोने का कोई स्थान होता है, उन्हें करने के लिए काम क्या मिलेगा, यह भी निश्चित नहीं रहता है। इसलिए उनके लिए शौचालय जाने का भी कोई स्थान निश्चित नहीं होता है। यदि उन्होंने रात में भी सामान आदि उतारने का काम किया है तो पास ही सार्वजनिक शौचालय में चले जाते हैं, जिसके लिए उन्हें पाँच रुपया देना पड़ता है। लेबर चौराहें पर आकर काम ढूँढ़ने वाले हर तरह के लोग होते हैं। कुछ लोगों का अपना घर होता है, कुछ लोग किराये पर रहते हैं, कुछ लोग स्थायी रुप से चबूतरे पर रहते हैं तो कुछ लोग सड़कों पर रहते हैं। जिन लोगों के पास शौचालय है, उनकी मुश्किले तो आसान हो जाती हैं, लेकिन जिनके पास शौचालय नहीं होता है, उन्हें शौचालय के लिए ज्यादा पैसे खर्च करने होते हैं। एक गरीब परिवार के लिए यह खर्च भी निकालना मुश्किल होता है। शौचालय जैसे मुद्दे को बहुत हल्के से नहीं लिया जाना चाहिए। विभिन्न शोधों से यह बात पहले ही स्पष्ट हो चुकी है कि पेशाब और शौच को रोकने से न जाने कितनी तरह की बीमारियाँ हो जाती हैं। ऐसी स्थिति में एक मजदूर के लिए शौचालय का मुद्दा महत्त्वपूर्ण मुद्दा होता है। चौराहे का मजदूर काम कहीं करता है, सोता कहीं और है और शौचालय जाने के लिए उसे कहीं और स्थान ढूँढ़ना होता है। यदि मजदूर का स्वास्थ्य खराब हो

जाए, रात्रि में उसे बार-बार पाखाना जाना पड़े तो उसे इसके लिए लम्बी दूरी तय करनी पड़ती है।

क्या मजदूर इनसान नहीं है? क्या उसके लिए शौचालय की आवश्यकता जीवन की मूलभूत आवश्यकताओं में नहीं है। समय से शौच न जाने से बहुत-सी बीमारियाँ हो जाती हैं। ऐसा हम सभी अपने जीवन में अनुभव करते हैं।

अनेक शोधों से यह स्पष्ट हो चुका है कि यदि एक ही शौचालय का प्रयोग बहुत से लोग करते हैं तो उससे तरह-तरह की बीमारियाँ हो सकती हैं। मजदूर को तो कहीं भी शौच जाने का स्थान मिल जाए, वही उसका जीवन है। न तो उसे इस बात की जानकारी होती है, और न ही उसे कोई बताने वाला है कि साफ-सुथरा शौचालय सभी के लिए आवश्यक क्यों हैं? शहरों में न तो इतना स्थान है, और न ही मजदूरों की इतनी सामर्थ्य ही है कि वे शौच करने के लिए स्वच्छ स्थान खोज सकें। चौराहें के मजदूरों को इस बात की जानकारी भी नहीं है कि स्वच्छता का जीवन में क्या महत्त्व है। यदि उन्हें जानकारी हो भी जाए या जानकारी हो भी तो उनके पास विकल्प ही क्या है?

ऐसा नहीं है कि गाँवों में गरीब और मजदूर जनता को शौचालय की समस्याओं से जूझना नहीं पड़ता है। जिनके पास अपने खेत नहीं होते हैं, उन्हें शौच जाने के लिए जबर्दस्त जलालत झेलनी पड़ती है। ग्राम-समाज की भूमि पर यदि गुंडों-बदमाशों का कब्जा न हो तो उसे शौचालय जाने का स्थान मिल भी जाता है, लेकिन यदि लोगों की मिली-भगत हो और कहीं खाली जगह न हो तो वंचित समूह/गरीब जनता शौच जाने के लिए तड़प कर रह जाती है। शहर के पास के जिन गाँवों से मजदूर काम करने के लिए आते हैं वहाँ की समस्यायें भी शहरों से कम नहीं है। शहर जिस तरह से गाँवों में घुस गये, उससे उन गाँवों का अस्तित्व ही आज खतरे में हैं। जमीनी हकीकत और नारों में बहुत अन्तर होता है। आखिर सार्वजनिक शौचलय की गन्दगी पर ध्यान कौन देगा? खुले में शौच करने से बहुत-सी बीमारियाँ हो जाती हैं। इस बात को समझना आवश्यक है कि चौराहे का मजदूर भी राष्ट्र का नागरिक है। मानव कहीं भी रहे या कोई भी कार्य करे, जीवन की प्राथमिक आवश्यकताओं की पूर्ति सभी के लिए आवश्यक है। एक व्यक्ति के रुप में चौराहे के मजदूर को भी उन सभी चीजों की जरूरत होती है, जिसकी अन्य लोगों को आवश्यकता होती है।

मानव के लिए शौचालय की आवश्यकता को हल्के में नहीं लिया जा सकता है। बनारस के अस्सी घाट पर ही रात गुजारने वाले कमलेश यादव ने बताया कि ''सुबह के चार बज रहे थे। चारों ओर अँधेरा था तथा आस-पास कोई नहीं था। शौचालय करने के लिए मैं अस्सी घाट के कच्चे घाट पर बैठ गया। सामने से सूट

पहने एक व्यक्ति आ रहा था। उसने मुझे देखते ही ऐसा झन्नाटेदार थप्पड़ मारा कि मुझे वहीं चक्कर आ गया।'' उसने कहा कि 'शौच आने पर तत्काल जगह ढूँढना टेढ़ी खीर है। कब कौन सा हादसा हो जाए कोई नहीं जानता है। अब तो शरीर के ठीक होने में समय लगेगा।'

गरीब/मजदूर महिलाएँ शौचालय के लिए जिस तरह की जलालत झेलती हैं, उसे रेल की पटरियों के किनारे बैठी हुई महिलाओं में देखा जा सकता है। जब कभी कहीं से कोई प्रकाश आता है, महिलाएँ शौच करते-करते खड़ी हो जाती हैं, और उस प्रकाश की गाड़ी के आगे बढ़ते ही फिर शौच करने बैठ जाती हैं। महिलाएँ लम्बे-लम्बे समय तक पेट-दर्द की बीमारियाँ झेलती हैं और अपनी बात भी किसी से नहीं कहती हैं। आज चौराहे पर महिलाएँ भी मजदूरी पाने के लिए बैठी हुई हैं। यदि काम करते-करते उन्हें शौच लग जाए तो उनके लिए ऐसा कोई स्थान नहीं होता है, जहाँ वे शौच करने जा सकें। पेशाब करने का स्थान तो फिर भी वे कहीं न कहीं ढूँढ़ ही लेती हैं।

इनसान शौचालय करने के लिए जिस तरह की जलालत झेलता है, उसकी कल्पना भी वे लोग नहीं कर सकते, जिन्होंने इस तरह की समस्यायें नहीं झेली हों। गरीब/मजदूर महिलाएँ तो न जाने कितनी तरह की समस्याओं को झेलती हैं। अंधेरे में शौचालय जाने पर उनके साथ बलात्कार तक की घटनाएँ हो जाती हैं। सभी के लिए शौचालय की आवश्यकता पर संवेदनशीलता बनाये रखना अति आवश्यक है।

चौराहे के मजदूर को शौचालय के साथ-साथ स्वच्छ पेयजल की भी उतनी ही आवश्यकता होती है। लेबर जहाँ काम करता है, उसे वहाँ पर जैसा पानी मिलता है, वहीं पी लेता है। जो लोग इन मजदूरों को पानी देते हैं, उनका भी इनके प्रति कोई सम्मान नहीं होता। जैसा पानी सामने उपलब्ध होता है, वही पानी उन्हें पीने के लिए दे दिया जाता है। मजदूर को इस बात का ज्ञान भी नहीं है कि उसे पीने के लिए जो पानी दिया जा रहा है, वह स्वच्छ पेयजल है भी या नहीं। घरों में काम करने वाले मजदूरों के प्रति आम लोगों का रवैया और सोच बहुत अच्छा नहीं होता है, तो वे उन्हें स्वच्छ पेयजल कैसे दे सकते हैं? काम कराते वक्त उन्हें लगता है कि मजदूर बिना काम किये पैसा ले जा रहे हैं। मजदूर इन सब परिस्थितियों को देखता रहता है। आपस में चर्चा भी करता है, लेकिन उसके पास क्या विकल्प है? जो मजदूर स्थानीय होते हैं, उनकी बात अलग है। लेकिन जो मजदूर शहर के बाहर से आकर शहरों में मजदूरी करते हैं, उन्हें जहाँ कहीं भी पीने का पानी मिलता है, वहीं पी लेते हैं। विभिन्न शोधों से यह बात सिद्ध हो चुकी है कि बनारस शहर में गंगा का पानी पीने योग्य नहीं है। मजदूर उसी गंगा में नहाकर वही पानी पीता है। वह यह सोचता है कि वह गंगा माँ के समीप है, इस लिए उसे उस पानी को पीना चाहिए। गंगा में

न जाने कितने नालों का गन्दा पानी गिरता है, फिर वह पीने योग्य कैसे हो सकता है? मजदूरों को तो किसी तरह से अपना जीवन चलाना होता है। उसे इस बात का ज्ञान भी नहीं होता कि वह जो पानी पी रहा है, वह कितना अशुद्ध है। उसे कोई इस बात को बताने वाला भी नहीं है कि वह गन्दा और अशुद्ध पानी पी रहा है। उसकी शिक्षा भी आधी-अधूरी होती है। किसी तरह जीवन को चलाने के लिए वह एक-एक दिन काट रहा होता है। उसकी सारी ऊर्जा इस बात में लगी रहती है कि उसे कल काम मिलेगा भी कि नहीं? घर-परिवार और बच्चों की चिन्ता उसे लगातार खाये रहती है। ऐसे में चौराहे के मजदूर को शौचालय और पानी की समस्या कहीं से भी महत्त्वपूर्ण नहीं लगती है। ऐसा नहीं है कि उसके मन में प्रश्न न उठते हों। उसके मन में बहुत सारे प्रश्न उठते हैं, लेकिन वह यदि इन प्रश्नों पर ही उलझा रहेगा तो रोजगार कब ढूँढ़ेगा?

यदि एक या कई 'मजदूर घर' बन जाएं तो मजदूरों के लिए कम से कम शौचालय और पीने के पानी की व्यवस्था तो हो जाए। जो मजदूर चोरी छुपे गंगा किनारे शौच करके गन्दगी करते हैं, और हजारों-हजार मजदूर गंगा में स्नान और कपड़े धो करके गंगा में गन्दगी करते हैं, उससे भी मुक्ति मिल जाएगी। शहरों में हर तरह का काम करने वाले लोग होते हैं। रिक्शा चलाने वाले, ठेला चलाने वाले, घूम-घूम कर कुछ सामान बेचने वाले, कनस्तर, छाता बनाने वाले, तरह-तरह के बैग में चेन लगाने वाले, मोची, दुकानों पर छोटा-मोटा काम करने वाले आदि लोगों के लिए रैन-बसेरा में रहने-खाने, शौचालय और पानी की व्यवस्था की जानी चाहिए। लोगों और सरकारों को इससे अपना मुँह नहीं मोड़ना चाहिए। न जाने कितने करोड़ लोग सड़कों पर हैं। इन बदहाल लोगों की हर तरह की सहायता करना जरूरी है। पहला तो यह होना चाहिए कि उन्हें गाँवों में ही रोजगार मिल जाए। गाँधी ने बहुत पहले ही भारतवर्ष की समस्याओं को गहराई तक पहचाना था। वे जानते थे कि जब तक गाँवों का विकास नहीं होगा, देश का विकास नहीं हो सकता है।

यदि मजदूरों को कुछ छोटी-मोटी बातें ही बता दी जाएँ तो उनके लिए बहुत लाभकारी होंगी। जैसे पानी में क्लोरिन की गोली डालकर उसका उपयोग करें। खाने से पहले और शौच के बाद साबुन या राख से अच्छी तरह से हाथों की सफाई करें। चौराहे के मजदूरों को यह बताया जा सकता है कि स्वच्छता की शुरुआत खुद से करें तथा खुले में शौच करने से बीमारियाँ हो जाती हैं। हमारे प्रधानमंत्री ने स्वयं स्वच्छता-अभियान पर अमल करना जरूरी बताया है। यदि सभी लोग स्वच्छता पर जोर देंगे तो आने वाले समय में देश से गन्दगी खत्म हो जाएगी और सबको एक 'स्वच्छ भारत' मिलेगा।

अध्याय : आठ

चौराहे का लेबर और उसकी शिक्षा

शिक्षा सभी के लिए आवश्यक है। लेबर के लिये भी शिक्षा उतनी ही आवश्यक है। लेबर चौराहे पर हर तरह के शिक्षित लेबर सर्वेक्षण के समय मिले। ऐसा नहीं है कि लेबर चौराहे पर केवल निरक्षर लेबर ही काम की खोज के लिये आये हैं। चौराहे पर पाँचवी, आठवीं, दसवीं, बारहवी, बी.ए., बी.काम. एम.ए., एम.एस. डब्ल्यू. आदि सभी तरह की शिक्षा प्राप्त लोग खड़े हैं। कोई मिस्त्री है तो कोई लेबर। किसी का यह पुश्तैनी पेशा है तो किसी की मजबूरी है कि उसे लेबर चौराहे पर आकर काम की खोज के लिये भटकना पड़ रहा है। देश में अप्रासंगिक हो चुकी शिक्षा का उदाहरण इन लेबर मंडियों में देखा जा सकता है। लेबर मंडी के मजदूरों ने खुद कहा कि इतना पढ़ने के बाद भी जब लेबरई ही करना था तो पढ़ने का क्या औचित्य रहा? एक ओर गरीबी तो दूसरी ओर पढ़ने के बाद भी नौकरी न मिलने से दुखी लेबर के लिये कागजी शिक्षा का कोई मतलब नहीं होता है। लेबर मंडी में खड़े होकर मजदूरी ढूँढ़ने में उसी कष्ट और प्रताड़ना को सहते हुए लेबर कई प्रश्नों में उलझा हुआ है। मुंडेश्वरी (बिहार) से आये हुए सुरेश ने कहा कि एम.ए. और बी.एड. करने के बाद भी कोई काम नहीं मिलने से बनारस शहर में लेबर चौराहे पर मजदूरी करने के लिए आने पड़ा। गर्मी का दिन होने से खेत अभी खाली पड़ा है। सुरेश के माता-पिता बूढ़े हो चले हैं। दो महीने की बेटी और पत्नी के लिये कमाने आये युवक को बार-बार लग रहा था कि कम से कम कुछ तो वह घर के लिए कमा ले।

देश में अप्रासंगिक हो चुकी शिक्षा बच्चे के अन्दर की प्रतिभा को न तो पहचान कर पाती है और न ही उसका उपयोग कर पाती है। शारीरिक श्रम के प्रति भी यह शिक्षा प्रेमभाव पैदा करने में असमर्थ है। एक बच्चे के अन्दर अनेक तरह की प्रतिभायें हो सकती हैं। वह एक अच्छा खिलाड़ी, कलाकार, किसान, कारीगर, डॉक्टर या मिस्त्री हो सकता है। समाज को उपरोक्त सभी की जरूरत है, परन्तु हमारी शिक्षा व्यवस्था में इन सारी प्रतिभाओं और कौशलों की पहचान करने की क्षमता ही नहीं है। यह शिक्षा परीक्षा भवन में ढाई-तीन घंटे में उगल देने की क्षमता

को ही पहचानती है। जिसका परिणाम है कि युवाओं को न तो पारम्परिक कौशलों में पारंगत किया गया है और न ही उसे आज काम मिल पा रहा है। यदि उसे काम मिल जाता तो वह लेबर मंडी में सुबह से आकर काम के लिये नहीं भटकता।

शिक्षा का सामाजिक सरोकारों, नैतिक मूल्यों और देश की जरूरतों से कोई मतलब नहीं है। वर्तमान शिक्षा व्यवस्था रचनात्मकता, मौलिकता, जिज्ञासा, विविधता आदि से रहित सिर्फ अक्षर ज्ञान, कागजी ज्ञान और अनुकरण पर जोर देती है। आज का युवा पढ़-लिखकर यदि चौराहे पर खड़ा है तो देश की नीति पर विचार करना होगा।

बनारस के लेबर मंडी में जितने भी मजदूरों से मैं मिली उनमें बहुत से लोगों ने मदरसों से शिक्षा प्राप्त किया है तो दूसरी ओर पोस्ट ग्रेजुएट तक शिक्षा प्राप्त करने वालों की भी लम्बी सूची है। बहुत दुख की बात है कि गुणवत्ताविहीन शिक्षा लेकर आज का युवा गारा-मिट्टी कर रहा है, ईंट, बालू ओर सीमेंट ढोने के लिए बाध्य है।

सच पूछा जाए तो यह शिक्षा ऐसी गुणवत्ताविहीन है कि चौराहे पर खड़े लेबर को शिक्षित न कहकर साक्षर कहना ज्यादा सही होगा। आज का युवा यदि एम.ए., बी.ए. की डिग्री प्राप्त कर ले और अपना नाम ठीक से न लिख पाये तो ऐसी शिक्षा को क्या कहा जाएगा? चौराहे पर खड़े होकर लेबर को यह नहीं सोचना चाहिए कि उसने जो शिक्षा प्राप्त किया है उससे उसे अफसरी क्यों नहीं मिली? लेबर को पहले यह देखना है कि जिस विषय की उसने पढ़ाई की है, उसकी गहराई उसके पास कितनी है? यदि कोई युवा अपने विषय में पारंगत होगा तो उसे अपने विषय/क्षेत्र की नौकरी अवश्य मिलेगी। सच्चाई यह है कि चौराहे का लेबर शिक्षित नहीं, साक्षर है।

चौराहे का लेबर डिग्रीधारी है तो उसकी गुणवत्ता कैसी है? यदि योग्य है, डिग्री है, लेकिन सुविधाओं के अभाव या अन्य परेशानियों के कारण उसे काम नहीं मिला तो उसकी स्थितियाँ अलग है। चौराहे पर खड़े पढ़े-लिखे लेबर के पास कुछ नहीं है तो वह अपना श्रम ही बेच रहा है। वर्तमान समय की शिक्षा केवल डिग्री धारियों की भीड़ इकट्ठा कर रही है। शिक्षा देश-समाज के अनुसार होनी चाहिए। आज देश में शिक्षा का कारोबार किया जा रहा है, शिक्षा को बेचा जा रहा है। भारत सरकार प्रत्येक नागरिक को शिक्षा देने का वादा करती है और प्रत्येक वर्ष शिक्षा का अभियान चलाती है। भारत को प्रगतिशील देश के विकसित देशों की श्रेणी में शामिल करने के लिये गुणवत्तापूर्ण शिक्षा अनिवार्य है। लेबर चौराहे पर मजदूरों की बढ़ती हुई भीड़ यह इंगित करती है कि स्कूल, कॉलेज और विश्वविद्यालय अपने उद्देश्यों में विफल हैं। वर्तमान समय में शिक्षा पाना एक महँगा सौदा है। सच्चाई यह है कि आज शिक्षा की बोलियाँ लगायी जा रही हैं। एक ओर अप्रासंगिक शिक्षा प्राप्त लोगों की भीड़ है तो दूसरी ओर जो गरीब है उसके लिए उच्च शिक्षा एक सपना है। वर्तमान में महँगाई, बेरोजगारी एक भयावह समस्या बन चुकी है। आज

का युवा शिक्षा और रोजगार की तलाश में देश के एक स्थान से दूसरे स्थान पर जाता है। गाँवों में जो कुछ उपलब्ध है उसमें लोगों को निपुण बनाने की जरूरत है तथा जो योग्य है उसकी स्क्रीनिंग प्राइमरी स्तर पर ही करके उसे विशिष्ट उच्च शिक्षा के लिये भेजकर राष्ट्र निर्माण में उसका सहयोग लेने का प्रयास किया जाए।

डिग्रियाँ बाँटने का खेल बन्द करके देश और समाज की आवश्यकता के अनुसार शिक्षा देने की प्रबल आवश्यकता है। मानव जाति के लिये शिक्षा हमेशा ही एक किरण रही है। ज्ञान की खोज जरूरी है, लेकिन भूखे पेट रहकर बहुत दिनों तक जीवन नहीं जीया जा सकता है। आज शिक्षा में बुनियादी परिवर्तन की शुरुआत गाँवों से ही करनी होगी। चौराहे के मजदूरों को देखकर लगता है कि उनका जीवन इस दृष्टिकोण से चल रहा है कि इन मजदूरों को मरने दो ओर इनकी परवाह मत करो।

आजादी के बाद भारत ने पहले से चली आ रही शिक्षा व्यवस्था, जिसे विदेशी शासकों ने निचले पायदान पर अपने सहयोग के लिये श्रम बल तैयार करने हेतु शुरू किया था, को जारी रखने का निर्णय लिया। नेल्सन मंडेला ने शिक्षा की व्यापकता को इस तरह से व्यक्त किया है—"शिक्षा सबसे शक्तिशाली हथियार है, जिसे दुनिया को बदलने के लिये प्रयोग कर सकते है।"

भारत की आजादी का संघर्ष कई प्रकार से अद्वितीय था। सबसे उत्कृष्ट व्यक्ति के रुप में महात्मा गाँधी की उपस्थिति और सत्य की खोज में उनकी परम श्रद्धा से वह सब मिला जो मिल सकता था। उन्होंने इन सब को केवल एक वाक्य में स्पष्ट कर दिया—"मेरा जीवन ही मेरा सन्देश है।" अपने स्वयं के उदाहरण और कार्यों से, उन्होंने करोड़ों भारतीयों को मूल्यपरक जीवन जीने, जरूरतमन्दों की सेवा के लिये उनकी जरूरतों को समझाने और अन्ततः देश और देशवासियो के लिये सर्वस्व न्यौछावर कर देने के लिये तैयार रहने के लिए प्रोत्साहित किया।

चौराहे पर खड़े कई लेबर ने कहा कि उनके न पढ़ पाने का कारण उनके शिक्षक थे। वंचित समूह के ऐसे बहुत से मजदूर चौराहे पर मिले, जिनके साथ स्कूल में अध्यापकों द्वारा भेदभाव किया गया था। कई मजदूरों ने दुखी मन से कहा कि "जो भेदभाव गाँव में किया जाता था, वही भेदभाव हमारी जाति के साथ स्कूल में भी किया गया। गाँव के मास्टर हम लोगों को अन्य लड़कों से अलग बैठाते थे। कई बार तो हम लोगों से पाखाना साफ करवाते थे। पढ़ाने के नाम पर मारने लगते थे।"

अनुसूचित जाति और अनुसूचित जनजातियों के बच्चों के लिये आपरेशन ब्लैकबोर्ड, राष्ट्रीय साक्षरता अभियान, जिला प्राथमिक शिक्षा कार्यक्रम और सर्वशिक्षा अभियान जैसे कदमों की बदौलत स्कूलों तक पहुँच वास्तविक और सामाजिक रूप से काफी हद तक सम्भव हो सकी है, लेकिन स्कूल उन्हें अपनी पढ़ाई जारी रखने और कम से कम शिक्षा के बुनियादी स्तर तक की पढ़ाई पूरी करने के लिये आकर्षित

नहीं कर पाते। शिक्षकों की उदासीनता और भेदभावपूर्ण रवैया वंचित समुदायों के बच्चों को स्कूल से दूर रखता है और स्कूल को सीखने के लिये प्रतिकूल जगह बनाता है।

अध्ययनों से यह स्थापित हुआ है कि शिक्षक इन समुदायों के बच्चों के प्रति भेदभावपूर्ण और उन्हें बहिष्कृत रखने का रवैया अपनाते है, और वे समझते हैं कि इन समुदायों के बच्चे सीखने और शिक्षा प्राप्त करने की दृष्टि से बेवकूफ, अयोग्य और अनुपयुक्त है और वे परम्परागत निचले कार्यों को करने वाले हैं। प्राय: शिक्षक यह भी सोचते हैं कि ये गन्दे लोग हैं। लेबर चौराहे पर खड़े वे मजदूर जो शिक्षकों के गन्दे व्यवहार के कारण नहीं पढ़ पाये उन्होंने बहुत दुख के साथ अपनी बातों को रखा।

भेदभावपूर्ण व्यवहार केवल ग्रामीण क्षेत्रों तक ही सीमित नहीं है, बल्कि ऐसे मामले शहरों में भी मौजूद हैं।

वंचित वर्ग के बच्चों को स्कूलों में भेदभाव रहित वातावरण उपलब्ध कराया जाना जरूरी है। यदि स्कूल सभी वर्ग के बच्चों के लिए सीखने की जगह बनेगा तो वंचित वर्गों में बच्चों को शिक्षा के उच्च स्तर तक पहुँचने में सहायक होगा, जिससे उनका श्रम बाजार में समावेश सुनिश्चित होगा। स्कूल ऐसा होना चाहिए कि किसी समुदाय विशेष में जन्म लेने की वजह से मिले अभावों से मुक्ति दिलाये।

गाँधी जी ने शिक्षा के सन्दर्भ में कुछ बुनियादी बातों का आग्रह रखा था। बच्चों को अधिक समय शारीरिक काम में लगाना चाहिए, वह भी शिक्षक की निगरानी में। आज सारी तालीम किताबी हैं, और नवाचार के लिए जगह सीमित हैं। युवा महज इम्तहान पास करके नौकरी के लिए लालायित रहते हैं। ज्ञान प्राप्त करने से उनका कुछ भी लेना-देना नहीं होता है। आज का पढ़ा लिखा तबका भी जिस तरह के हालात का सामना कर रहा है उस हालात को समझने के लिए चौराहे पर खड़े लेबर के जीवन को देखा जा सकता है। जीवन को चलाना कभी भी आसान नहीं रहा है। गरीब व्यक्ति के लिए जीवन जीना हमेशा से चुनौतीपूर्ण रहा है। आज बढ़ती आबादी के बीच जीवन जीने और कुछ करने की चुनौती जैसे-जैसे बढ़ी है वैसे-वैसे रोजगार के अवसर भी कम होते गये हैं। अप्रासंगिक शिक्षा प्राप्त बेरोजगार बैठे मजबूर लोगों की भीड़ लेबर चौराहे पर सबसे ज्यादा देखी जा सकती है। आज पूरी की पूरी पीढ़ियाँ बेकार हैं।

शिक्षा में गाँधी जी के सबसे मौलिक और मूलभूत सुझाव को देश की आजादी के बाद जगह नहीं मिली, यह सबसे बड़ी चूक रही। शिक्षा में बुनियादी तालीम को शुरु से ही जगह देने का गाँधी जी का आग्रह जनहित में था। शुरु में कहीं-कहीं तालीम केन्द्र खुले भी, लेकिन ये बुनियादी तालीम केन्द्र जितनी जल्दी जिस तरह से गायब हुए उसी से पता चलता है कि हमारे शिक्षा-तन्त्र की उसमें

कितनी आस्था थी, वे इससे कितने आश्वस्त थे।

गाँधी जी का कहना था कि 'कोई भी काम, काम होता है, वह छोटा-बड़ा नहीं होता।' उनके आश्रम में आकर रहना चाहने वाले व्यक्ति की वहाँ रह पाने की पात्रता की कसौटी शौचालय सफाई का काम होती थी। इस शिक्षा ने अधिकतर लोगों को बेकार बनाया है, वे कहीं के नहीं रहे। न उनके पास कोई हुनर है, न कोई दूसरा काम, ऊपर से पढ़े-लिखे होने का अहंकार अलग पनप जाता है। अपने गाँवों के या शहरों के भी अनपढ़ और गरीब लोगों के प्रति हिकारत का भाव उनके मन में घर कर जाता है।

देश में जैसी शिक्षा प्रणाली की जरूरत थी, वैसी शिक्षा आजादी के इतने वर्षों बाद भी विकसित नहीं हो पायी है। कृषि प्रधान देश के लिए कैसी शिक्षा हो, आज इस पर पुनः सोचने की जरूरत है। लेबर चौराहे की बढ़ती हुई भीड़ देश के अनुरुप शिक्षा प्रणाली विकसित करने के बारे में सोचने के लिए बाध्य करती है। प्रश्न शिक्षा प्राप्त करने का नहीं है, प्रश्न यह है, उसने किस तरह की शिक्षा प्राप्त की है? उसकी शिक्षा किस तरह से समाज के लिए उपयोगी है? लेबर ने जो शिक्षा प्राप्त की है, क्या उससे वह अपनी रोजी-रोटी चला सकता है? यदि नहीं तो उसके पास चौराहे पर बेचने के लिए जब कुछ नहीं होता है तो अपने श्रम को बेचकर अपना और अपने परिवार का जीवन यापन करने के लिए वह बाध्य होता है। किसी तरह की कुशलता प्राप्त नहीं होने के कारण उसके पास चौराहे पर आकर काम करने के अलावा कोई विकल्प भी नहीं होता है। आज जिस तरह की शिक्षा की मंडियाँ खोली गयी हैं उससे ज्ञान और कुशलता की प्राप्ति तो नहीं होती, लेकिन व्यक्ति को कागज का प्रमाण-पत्र अवश्य मिल जाता है।

वर्तमान शिक्षा व्यवस्था रोजगार दिलाने में सहायक नहीं है। ऐसी शिक्षा से घरों में या ठेकेदार के यहाँ कुछ लेबर (मजदूर) का काम आवश्य मिल सकता है। यद्यपि सरकार ने बहुत सी योजनाएँ बनानी हैं, लेकिन उनका क्रियान्वयन नहीं हो रहा है। पूरी सरकारी व्यवस्था और उसमें भाग लेने वालों की उदासीनता से भी कार्यक्रम ठीक से नहीं चल पा रहे हैं। आज लेबर वहाँ पर बिकने के लिए आ गये हैं, जहाँ निर्माण कार्य चल रहा है। देश में निर्माण की धारा यदि गाँवों की ओर होती तो शहरों में इतनी भीड़ नहीं होती। इन मजदूरों का संघर्ष उनके जीवित बचे रहने का है। चौराहे पर खड़े होकर उनके लिए कागजी शिक्षा नहीं वरन् अपने वजूद को बचाये रखने की लड़ाई है। सच्चाई यह है कि लेबर के लिए शिक्षा नहीं उसकी रोजी-रोटी महत्त्वपूर्ण है। यदि उसकी शिक्षा इस लायक होती तो वह चौराहे पर श्रम करने क्यों आता? लेबर द्वारा प्राप्त अप्रासंगिक शिक्षा को लेकर लेबर के मन में भी बहुत सारे प्रश्न है।

लेबर को मालूम है कि उसने जो शिक्षा प्राप्त की है, उससे उसकी रोजी-रोटी नहीं चलने वाली है। आज पूरी शिक्षा नीति पर विचार करने की आवश्यकता है। वर्तमान समय में कौशल विकास के द्वारा ही देश का आर्थिक विकास हो सकता है। यदि युवाओं/बुजुर्गों की भीड़ इसी तरह चौराहे पर बढ़ती रही तो राष्ट्र के सामने बहुत बड़े-बड़े प्रश्न होंगे। एक समय ऐसा आएगा, जब प्रश्न ढेर सारे होंगे और उनका जवाब देना मुश्किल होगा। वर्तमान शिक्षा में आमूलचूल परिवर्तन की आवश्यकता है। युवा सुदृढ़, चरित्र और श्रेष्ठ ज्ञान से परिपूर्ण एवं विकसित मस्तिष्क के साथ किसी भी कौशल को सरलता से प्राप्त कर सकता है।

प्रश्न यह है कि क्या उच्च शिक्षा से वंचित करके युवाओं को केवल कौशल विकास के कामों में लगा दिया जाए? नहीं, ऐसा नहीं हो सकता है। आज मूलभूत परिवर्तन की आवश्यकता है। शिक्षा, स्वास्थ्य, भोजन आदि सभी कामों के लिए प्रत्येक गाँवों का स्वायत्त होना जरूरी है। कुकुरमुत्ते की तरह उग आये विद्यालयों को बन्द करने की जरूरत है। वे केवल लूटने के एक साधन हैं। प्रत्येक गाँव में एक अच्छी लाइब्रेरी पंचायत और प्रबुद्धजनों द्वारा मिलकर शुरु करनी चाहिए। पुस्तकालय में प्रत्येक बच्चे के लिए समाचार पत्र, तरह-तरह की पुस्तकें तथा विचार-विमर्श के लिए मंच बनाये जा सकते हैं। बहुत कम पैसे में प्रत्येक बच्चे के लिए पुस्तकालय कार्ड की व्यवस्था की जा सकती है। सरकार द्वारा पुस्तकालय में ही कुछ अध्यापकों की नियुक्ति करके उन्हें वहीं पर रहने के लिए कहा जा सकता है। पुस्तकालय में एक मंच ऐसा स्थापित किया जाए जहाँ नाटक, खेलकूद, वाद-विवाद, निबन्ध लेखन, कवि सम्मेलन, चित्रकला की प्रतियोगिता रखकर राष्ट्रीय स्तर के लिए ऐसे बच्चों को तैयार करके उन्हें आगे बढ़ाया जा सकता है। फिर यह प्रश्न ही नहीं रहेगा कि मजदूर का बेटा मजदूर ही क्यों बना रहे? ऐसे बच्चों को दोपहर का भोजन देकर उनकी खुराक पूरी की जा सकती है। गाँवों का पूर्ण विकास होने पर शहरों में मजदूरों की इतनी भीड़ नहीं होगी। गाँवों में रहकर ही हर तबका कैसे शिक्षित हो, और कौन उच्च शिक्षा के लिए आगे बढ़े इसकी तैयारी और पहचान शुरू से ही करनी होगी। गरीबों को पीछे ढकेलकर, उन्हें शिक्षा से वंचित करके चौराहे पर खड़े लेबर के बच्चों के साथ अन्याय के सिवाय कुछ नहीं होगा। हर तबके को अपने क्षेत्र में ही रहकर रोजी-रोटी और प्रारम्भिक स्तर की गुणात्मक शिक्षा मिल जाए तो वह स्वयं सोच सकता है कि आगे चलकर उसे क्या करना है? मजदूरों और उनके बच्चों को अवसर प्रदान किया ही जाना चाहिए। गरीब और वंचित तबके के लिए शिक्षा तो और भी आवश्यक है। भूख और गरीबी से जूझते इनसान के लिए शिक्षा मुहैया कराना समाज और सरकार सभी की जिम्मेवारी है।

अध्याय : नौ

चौराहे का लेबर और उसका स्वास्थ्य

बड़े-बड़े आलीशान-भवनों को देखकर भले ही उसका मालिक खुश हो जाए, लेकिन क्या कभी किसी ने सोचा है कि इसको बनाने वाला कौन है? कितनी मेहनत से उसने इन भवनों को बनाया होगा? क्या गर्मी, क्या जाड़ा और क्या बरसात? कभी उसके हाथ टूटे होंगे तो कभी पैर। कभी वह पूरी तरह से विकलांग भी हुआ होगा और उसे इस पेशे को छोड़कर किसी दूसरे पेशे में जाना पड़ा होगा। काम करते-करते बालों का झड़ जाना, धूल मिट्टी खाते-खाते साँसों की बीमारी हो जाना, आंशिक अपंगता, आँखों की कई तरह की बीमारियाँ हो जाना, त्वचा की बीमारी होना, टट्टी और पेशाब का संक्रमण होना तो आम बात है। सीमेंट, बालू, डिस्टैम्पर, चूना, रंग (जिसमें केमिकल मिला हुआ है) आदि से उसे न जाने कितनी तरह की बीमारियाँ होती हैं। काम करते-करते वह बिल्कुल थक जाता है, फिर भी लोगों को लगता है कि मजदूर बड़ा कामचोर है, और ठीक से काम नहीं कर रहा है। लेबर को जिस तरह की शारीरिक और मानसिक यातना सहनी पड़ती है उसकी चर्चा कहीं नहीं होती है। सर्वेक्षण में लेबर चौराहे के मजदूरों ने स्वयं बताया है कि काम करते-करते बात-बात पर थप्पड़ तान देना, मुक्का तान देना, फरसे से मारने के लिए कहना, झोटा (बाल) नोच लेना, ढकेल देना, काम करवा कर मजदूरी नहीं देना, गाली देना, जितने पैसे पर मजदूरी पर रखा उससे कम पैसे देना, गाली देना आदि कुछ ऐसी बातें हैं, जिससे उसका शारीरिक और मानसिक स्वास्थ्य बहुत ज्यादा प्रभावित होता है। जैसे वे बुनकर जो पहले साड़ी बुनते थे, उनके लिए चौराहे पर खड़े होकर लेबरई के काम की खोज बहुत दुखद होती है। वे बुनकर जिनकी न जाने कितनी पीढ़ियाँ साड़ी बुनाई में लगी हुई थी, उन कारीगरों/दस्तकारों के लिए गारा-मिट्टी ढोना, ईंटें ढोना, पुताई करना आदि किसी यातना से कम नहीं होता है। ऐसे कारीगरों के स्वास्थ्य की कल्पना की जा सकती है। वह बुनकर (गृहस्था) जो लोगों को अपने यहाँ रखकर साड़ी बुनाई का काम करवाता था, वह स्वयं कई वर्षों तक भटकने के बाद चौराहे पर खड़े होकर लेबर का काम ढूँढ़ रहा है। उसके पूरे

मानसिक स्वास्थ्य पर विचार करने की जरूरत है। बुलानाला लेबर मंडी में एक ऐसा बुनकर मिला जो लोगों को रखकर अपने यहाँ हथकरघे पर काम करवाता था। आज स्थिति यह है कि उसका मानसिक सन्तुलन खराब हो चुका है और वह दूसरों के सहारे लेबर मंडी में आकर मजदूरी कर रहा है। लगभग सभी मजदूरों ने कहा कि ईंटें वगैरह चार-चार मंजिल चढ़ाते-चढ़ाते पैरों और घुटनों में दर्द होने लगता है, फिर भी मालिक को लगता है कि वह जल्दी-जल्दी काम करे।

कड़ी धूप और भीषण ठंड में काम करते-करते मजदूरों के चेहरे पर जिस तरह की झुर्रियाँ पड़ जाती हैं, उसे कोई भी देख सकता है। पैरों की एड़ियाँ फटने लगती हैं। मजदूर संघर्ष करते हैं और कड़ी मेहनत के बाद समय के पहले ही बूढ़े हो जाते हैं। लगातार पुताई करने से उसके हाथों की त्वचा खराब हो जाती है। बहुत कड़ी मेहनत से मजदूरों में कमरदर्द हो जाता है। धूप में लगातार काम करने से आँखों में तरह-तरह के रोग और समय के पहले ही मोतियाबिन्द हो जाता है। लगातार ठंड में काम करने से नाखून सड़ने लगते हैं। स्थायी रुप से खाँसी आना, कफ बनना आदि रोग हो जाते हैं। समय से पहले ही उनके बाल सफेद हो जाते हैं, बालों में कड़ापन आ जाता है और धूल-मिट्टी में काम करते-करते बाल झड़ जाते हैं। ये सब बातें मजदूरों ने स्वयं बतायी है। सुबह-शाम का संघर्ष झेलते-झेलते मजदूरों के मन में बहुत सारे प्रश्न होते हैं, जिसका जवाब किसी के पास नहीं होता है। मजदूरों का जीवन इसी उधेड़बुन में ही बीत जाता है कि कल काम मिलेगा या नहीं? अनिश्चितता और असुरक्षा में ही उसका पूरा जीवन बीत जाता है। कल क्या होगा, इसकी उलझन उसे लगातार बनी रहती है।

भूख और गरीबी को झेलने वाले मजदूरों के पूरे जीवन को समझने की जरूरत है चौराहे पर खड़े लेबर का मुख्य भोजन ही जब लिट्टी और मरचा (बाटी, नमक और हरी मिर्च) या घर से लायी गयी सूखी रोटी, नमक, प्याज और हरी मिर्च होता है तो ऐसे मजदूरों के शरीर में कितना पोषक तत्त्व पहुँच पाता होगा? न तो मजदूरों के रहने का कोई ठौर-ठिकाना होता है और न ही स्वच्छ पेयजल और शौचालय की व्यवस्था होती है। खुले में आज भी कच्चे घाटों, रेलवे लाइन या सुलभ शौचालय जहाँ बहुत सो लोग शौचालय करते हों तो उसके स्वास्थ्य पर कैसा प्रभाव पड़ता होगा? चौराहे के मजदूरों की ऐसी बहुत सी बातें होती हैं जिसे वह कह नहीं पाता है। वह चौबीसों घंटे घुटता रहता है।

लेबर मंडी में मजदूरी का काम पाने के लिए आने वाला मजदूर दूर-दूर से पैदल या कई किलोमीटर तक साईकिल चलाकर काम पाने के लिए आता है। कोई नाव से तो कोई सार्वजनिक वाहन से पैसा लगाकर मंडी में आता है। यदि उसे काम मिल जाता है तो वह काम करने के बाद प्रसन्न मन से घर वापस चला जाता है, और

यदि काम नहीं मिलता तो वह दोपहर तक मंडी में बैठा रहता है कि शायद माल उतारने-चढ़ाने का ही काम मिल जाए। फिर भी काम नहीं मिलता तो एक उधेड़बुन, उलझन और दु:खी मन से अपने घर या डेरे पर चला जाता है। न जाने कितने मजदूरों ने कहा कि "जब काम नहीं मिलता तो लगता है कि शरीर में जान ही नहीं है। साईकिल की हैंडिल आगे न जाकर पीछे की ओर जाने लगती है। विकास की इस चकाचौंध में न जाने कितने हजार मजदूर हैं, जिनका कोई ठौर-ठिकाना ही नहीं है। किसी भी अनजान शहर में एक मजदूर के लिए अपना एक-एक दिन बिताना बहुत आसान नहीं होता है।"

स्वास्थ्य के लिए नींद बहुत महत्त्वपूर्ण मुद्दा है। जाड़ा, गर्मी और बरसात जब मजदूर को सड़क पर ही सोना है तो इस प्रश्न पर अवश्य ही विचार होना चाहिए कि वह पूरी नींद सो भी पाया है या नहीं। चौराहों के मजदूरों ने स्वयं बताया है कि उनकी दिनचर्या नियमित नहीं है। काम तो अनिश्चित है ही, भोजन भी अनिश्चित है। उसे कब भोजन मिलेगा, यह लेबर को पता नहीं होता है। मजदूर का हर काम अनिश्चित रहने से वह लगातार मानसिक तनाव झेलता रहता है। मजदूर के दिमाग में जिस तरह की अनिश्चिता बनी रहती है, उससे वह मनोवैज्ञानिक दबाव में रहता है। कुछ मुहल्ले तो ऐसे हैं जहाँ काम करने का अनुभव मजदूरों का अच्छा नहीं है, जिससे अकेले काम करने पर उनमें भय बना रहता है, जैसे-दारानगर में।

आज महत्त्वपूर्ण प्रश्न यह है कि क्या मजदूर स्वस्थ हैं? कहीं वह कुपोषित तो नहीं है? क्या उसके आस-पास का माहौल स्वस्थ है? जिन चौराहों पर आकर वह काम पाने का प्रयास करता है, क्या वहाँ स्वच्छता है? चौराहे के लेबर का एक ही ध्येय होता है कि उसका पेट भर जाए और वह खट सके। वह अपनी आजीविका के लिए संघर्ष कर रहा है और अपने अस्तित्व की लड़ाई लड़ रहा है। कई बार वह अपना खून तक बेचता है, ताकि बच्चों का पेट भर सके। उसकी बीमारी और गरीबी का फायदा उठा कर डॉक्टर लोग मजदूरों की किडनी तक निकाल लेते हैं। ऐसा समाचार पत्रों में पढ़ने को मिलता है।

जिस दिन काम नहीं मिलता उस दिन और अगले दिन की चिन्ता लिए मजदूरों को पूरी रात नींद नहीं आती है, और करवटें बदलते वह अपनी रातें बिता देता है। मजदूरों ने स्वयं कहा कि दिमाग उलझन में रहता है। आखिर कल भी काम नहीं मिला तो क्या खाएँगे? बीबी-बच्चों को क्या मुँह दिखाएँगे? अगर कुछ भी काम मिल जाता तो कम से कम चाय और बिस्किट का ही इन्तजाम हो जाता। काम नहीं मिलने पर मजदूरों को लगता है कि शरीर में जान ही नहीं है। उन्हें घर जाने के लिए सोचना पड़ता है कि बीवी-बच्चों को क्या मुँह दिखाएँगे?

काम करने के बाद भी मजदूरी नहीं मिलने पर वह अपने गुस्से को स्वयं पी

जाता है। बात-बात पर जब लोग थप्पड़ उठाते हैं तो उसका मानसिक स्वास्थ्य सबसे ज्यादा प्रभावित होता है। काम करते-करते अपंग होने पर मजदूरों की रोजी-रोटी का सहारा कोई नहीं होता है। हाथ, पैर और शरीर दर्द तो आम बात है। कई बार ऐसा होता है कि काम करते-करते मजदूरों के आँखों में जलन होने लगती है, उसकी साँसे फूलने लगती है। जैसे—तारकोल (अलकतरा) को गर्मा कर गिट्टी के साथ सड़क बनाने का काम। मई-जून की भीषण गर्मी में उसे उल्टी तक होने लगती है। बहुत जाड़े में पानी का काम होने पर उसके हाथ, पैर तक सड़ जाते हैं। भविष्य की चिन्ता उसे लगातार सताती रहती है। कई बार मजदूर भूखा ही काम ढूँढ़ने निकल जाता है। यदि उसे कई दिनों तक काम नहीं मिलता तो उसे भीख तक माँगना पड़ता है। ऐसी स्थितियों में उसका मनोबल गिर जाता है और उसे जीवन निरर्थक लगने लगता है।

चौराहे के जिन मजदूरों से हम आशा करते हैं कि वह ठीक से और जल्दी-जल्दी काम करें, वह काम तभी पूर्णता के साथ कर सकता है, जब उसका पेट भरा हुआ हों। खाली पेट वह कभी भी काम को ठीक से नहीं कर सकता है।

यदि मजदूर सफेदी या चूना आदि करता है तो उसके हाथों में दर्द, थकान, हाथ में रुखापन, यहाँ तक कि चूना घोलने से हाथ की अंगुलियाँ कट तक जाती हैं। लम्बे समय तक ऐसा काम करने पर सड़न तक हो जाती है। बहुत ऊँचाई पर काम करने पर गिरने का डर उसे लगातार सताता रहता है। कई बार अपंग होने पर उसकी रोजी-रोटी तक चली जाती है, और ठीक होने पर उसे नये सिरे से फिर से रोजगार ढूँढ़ना पड़ता है। लेबर चौराहे का मजदूर जिस तरह से अपना हाड़-माँस कार्य करने के लिए खपाता है, उस हिसाब से उसे न तो ठीक से खाना मिल पाता है और न ही पीने योग्य स्वच्छ पेयजल। कई बार हाथ-पैर या शरीर के किसी अंग के कहीं से कट-फट जाने पर जहाँ वह कार्य करता है, वहाँ पर प्राथमिक चिकित्सा की सुविधा भी नहीं होती कि मजदूर का इलाज किया जा सके। सबसे दु:खद स्थिति यह है कि अन्य कामों को करने वालों की शुरुआत शायद धूप और पानी से बचकर होती हो, लेकिन लेबर मंडी में खड़े मजदूरों को काम ढूँढ़ने के लिए गर्मी, जाड़ा और बरसात तीनों मौसमों में समान रुप से काम ढूँढ़ने आना पड़ता है। काम मिला तो ठीक नहीं तो वह वापस अपने घर या ठीहा पर चला जाता है। मजदूरों के पास आखिर विकल्प ही क्या है?

बनारस शहर के बुलानाला की लेबर मंडी में कई महिलाएँ काम के लिए आती हैं। ये महिलाएँ मुख्य रुप से मिस्त्री के साथ मसाला बनाने और गिट्टी तोड़ने का काम करती हैं। कुन्नुर नाम की महिला ने अपने हाथों को दिखाते हुए बताया कि गिट्टी तोड़ते-तोड़ते किस तरह से हाथों में गाँठ और अन्दर गड्ढा पड़ गया है।

चौराहे की मजदूरिनी महिलाओं पर लैंगिक हिंसा भी है। वे जिनके यहाँ काम करने जाती हैं उनके द्वारा तथा जिन पुरुष सहकर्मियों के साथ काम करती हैं, उनके द्वारा भी तरह-तरह की हिंसा की जाती है।

मजदूरों को उजाड़ने और भगाने से कुछ नहीं होने वाला है। उन्हें तो रोज कुँआ खोदना और पानी पीना पड़ता है। मचहट्टा वार्ड के हरीशंकर बघेल ने दस वर्ष तक बुनकरी का काम किया। जिस गृहस्थी का काम हरीशंकर करता था उसने एक दिन कहा कि अब मन्दा हो गया है काम बन्द कर दीजिए। हरीशंकर ने जब यह बात सुनी तो "उसके दिल पर पत्थर बैठ गया।" वर्ष 2013 के अन्त में एक एन.जी.ओ. 'टॉक्सिक लिंक्स' ने एक सर्वे किया था, यह पता करने के लिए कि पेंट में कितना सीसा होता है। वह पेंट, जो हम घर-दफ्तरों में कराते हैं। ढाई सौ में से एक सौ ग्यारह कनस्तरों में सीसे की मात्रा उससे सौ गुना अधिक थी, जिसको स्वास्थ्य मात्रा बताया जाता है। दिल्ली, गुड़गाँव, नोएडा से लेकर हैदराबाद, कोलकाता, राजकोट तक जहाँ-जहाँ सर्वे हुआ, वहाँ से रिपोर्ट आई कि सब जगह गड़बड़ी है।

यदि उपरोक्त सीसे की मात्रा देखी जाए तो इसका पहला प्रभाव मजदूर पर ही पड़ता है। कभी-कभी पेंट करते-करते उसका सीसा तक उसकी आँखों में चला जाता है। जिन खतरनाक परिस्थितियों में ये मजदूर काम करते हैं, उस ओर ध्यान कौन देगा?

वैज्ञानिकों और डॉक्टरों का कहना है कि "सीसा एक ऐसा जहर है जो खून में किसी भी मात्रा में नहीं होना चाहिए। मजदूर तो रोज ही जहरीले तत्वों को झेलता है। इतने शोध होने के बाद भी गरीब/भूखी/बेहाल/बीमार मजदूरों पर शोध होना पहले जरूरी है, क्योंकि मानव किन परिस्थितियों में जी रहा है, आज यह देखना पहले जरूरी है।"

अध्याय : दस

मानसिकता में बदलाव की जरूरत

मजदूरों के प्रति लोगों की जो भावनाएँ होती हैं, उसमें बदलाव की जरूरत है। प्राय: लोगों की यह धारणा होती है कि मजदूर काम नहीं करता है, और न ही काम करना चाहता है। क्या कभी किसी ने मजदूरों के साथ रहकर यह देखने का प्रयास किया कि वे किन स्थितियों में रहकर इतना कठिन श्रम करते हैं। कहीं वे भूखे रहकर तो काम नहीं कर रहे है। मजदूरों के प्रति लोगों का रवैया बहुत ही खराब होता है। वह चाहे कितनी ही मेहनत से काम करें, उनके काम को सन्देह की दृष्टि से देखा जाता है। मजदूरों द्वारा किये गये कामों में मीन-मेख निकालना तो आम बात है। उसके घर में घुसते ही लगता है कि इस मंहँगाई के युग में मजदूर हमारे सामानों को बर्बाद न कर दे। उसका जीवन हर पल असुरक्षित होता है और दाँव पर लगा होता है। जब वह बँधे हुए बाँस पर चढ़कर पुताई करता है या पलस्तर करता है या दूसरे मजदूरों को ईंट पकड़ाता है तो उसके जीवन और मृत्यु के बीच एक क्षण का अन्तर होता है। एक छोटे लड़खड़ाते कदम भी उसके जीवन को खत्म कर सकते हैं। एक क्षण को भी कदम लड़खड़ाया तो कब उसके जीवन का अन्त हो जाएगा, यह बात उसे भी नहीं पता होता है।

यह देखना जरूरी है कि मजदूर जब काम कर रहा था तो चौराहे के मजदूर के पास इतनी शक्ति थी या उसने बहुत प्रयास करने के बाद इतना श्रम प्रधान कार्य किया। श्रमिक मशीन नहीं है। मजदूर इनसान है, और कोई भी कामगार मानवीय स्थितियों में ही काम कर सकता है। लोग मन्दिरों में अनाप-शनाप पैसा चढ़ावे के रुप में चढ़ा देते हैं, लेकिन मजदूरों को देखते ही मोलभाव शुरु कर देते हैं। मजदूरों के प्रति लोगों का सम्मान नहीं होता है। आखिर ऐसा क्या है कि हमारा व्यवहार मजदूरों के प्रति इतना खराब होता है? लोगों को इस बात को समझना होगा कि मजदूर भी इनसान है, उसकी भी वही आवश्यकतायें होती हैं, जो अन्य लोगों की आवश्यकताएँ होती हैं। चौराहे का मजदूर जिन जोखिम भरी स्थितियों में कार्य करता है, क्या एक डॉक्टर या इंजीनियर भी उन्हीं जोखिम भरी स्थितियों में कार्य करता है? काम करते समय उसका कब हाथ टूट जाएगा या कब पैर टूट जाएगा इसे केवल

मजदूर ही समझ सकता है। न जाने कितने मजदूरों ने कहा कि काम करते समय वह छठवीं मंजिल/सातवीं मंजिल से गिर गये। किसी तरह जान तो बच गयी, लेकिन उनकी सुध लेने वाला कोई नहीं था। मजदूर जिनके घर में काम कर रहा था, उन्होंने उसे ऐसे निकलवाया कि उसकी व्याख्या कठिन है।

मजदूर जब भी घर में काम करने आता है तो हम सोचते है कि वह एक मिनट भी बैठे नहीं। लगातार काम करता रहे। आखिर समाज की मानसिकता ऐसी क्यों होती है? क्या हम सब भी काम के प्रति उतने ही ईमानदार हैं, जितनी मजदूरों से काम करने की आशा करते हैं?

मजदूर अपने ठौर-ठिकाने/सड़क जहाँ पर उसने रहने के लिए स्थान बनाया है या घर से सुबह तैयार होकर काम पाने के लिए निकलता है, और उसे काम नहीं मिलता तो उसके ऊपर क्या गुजरती होगी? इस बात को कौन सुनेगा और सोचेगा? अधिकांश मजदूरों का कोई स्थिर जीवन नहीं होता है। लोग उन्हें शक की दृष्टि से देखते हैं। बेरोजगारी के शिकार इन मजदूरों के प्रति लोगों का नजरिया बहुत खराब होता है। उनके लड़खड़ाते कदम देखकर समाज यह सोचता है कि मजदूर ने शराब पीया है, इसलिये लड़खड़ा रहा है, लेकिन उसके कदम भूख से लड़खड़ा रहे हैं, इस ओर कौन देखेगा? आखिर यह संवेदना कैसे विकसित होगी कि मजदूर पाँच रुपये का नमकीन खाकर ईंट पत्थर ढो रहा है और उस नमकीन से वह आठ घंटे काम नहीं कर सकता है। भूख, गरीबी और बेरोजगारी से जूझते मजदूर के पाँव तो लड़खड़ाएँगे ही। अपने परिवार की आजीविका के लिए वह चौराहे पर खड़ा होकर काम पाने के लिए जद्दोजहद कर रहा है। लेकिन दुर्भाग्य पूरी व्यवस्था का कि चाहकर भी उसे काम नहीं मिलता है। चौराहे पर खड़े व्यक्ति के प्रति सरकार, समाज, महिला, पुरुष, बच्चे, सबको मिलकर अच्छी राय बनानी होगी। सर्वहारा के प्रति यह दृष्टिकोण हमेशा से चला आ रहा है, इसीलिये मार्क्स के चिन्तन का केन्द्र बिन्दु मजदूर था।

क्या कभी किसी ने सोचा है कि जर्जर माँ के शरीर से पैदा हुए मजदूर के कदम सड़क पर आकर क्यो, लड़खड़ा रहे हैं? सड़क पर चौराहे पर खड़ा मजदूर जब से पैदा हुआ है, तब से उसने गरीबी और प्राय: भूखमरी के सिवाय कुछ नहीं देखा है। आज परम्परागत कलाओं की स्थिति अच्छी नहीं है। वस्त्र उद्योग और बुनकरी से लेकर परम्परागत अनेक कलायें और समान बनाने वाले कठपुतलियाँ, आभूषण, खिलौने, बाँस की तरह-तरह की कलाकारी का काम करने वाले, लोहार, सोनार, कुम्हार आदि सभी बेरोजगार हो गये हैं, और मजदूरी का काम करने को बाध्य हैं। आज जो कुशल कारीगर बेरोजगार हो गये हैं और मशीनों ने उनकी रोजी-रोटी छीन लिया है, उनकी समाज में क्या उपयोगिता हो सकती है, इस ओर सोचने के लिये सभी को आगे आना होगा। यह मानसिकता कि मजदूर काम नहीं करना

चाहता है, उसे बदलने की जरूरत है। लेबर चौरोहे पर एक काम आने पर पूरी भीड़ जिस तरह से दौड़ती है, और मजदूर को काम देने वालों की शर्तों के अनुसार ही काम करना पड़ता है। मजदूरों के पास कुछ नहीं होता कि वे विरोध कर सकें। यदि मजदूर यह तय कर ले कि हम बिकेंगें तो अपनी शर्तों पर बिकेंगे, नहीं तो नहीं बिकेंगे तो शायद उनकी स्थिति में कुछ सुधार हो जाए। आज स्थिति यहाँ तक खराब हो चुकी है कि व्यक्ति को वस्तु बनाते हुए उन्हें बाजार में बेचने पर उतारु हैं। व्यक्ति से वस्तु में बदलने की जो नियति बन रही है उसे बदलना होगा। आज मजदूर अपनी शर्तों पर अपना श्रम नहीं बेंच रहा है यह एक खतरनाक दिशा है। नीति-निर्धारक यान्त्रिकीकरण की ओर बढ़ रहे है। यन्त्रों ने लोगों के मुँह से उनकी रोजी-रोटी छीन लिया है। जिस तरह से उनके काम छीने गये और विकल्प के रुप में काम नहीं आये, उससे राष्ट्र के सामने एक चुनौती उत्पन्न हो चुकी है। जीवन के संघर्षों को झेलते हुए आज यदि मजदूर चुप है तो केवल इसलिए कि उसके पास कोई प्लेटफार्म नहीं है ऐसी स्थिति में मनुष्य को अपनी भूमिका स्वयं खोजनी होगी।

जिन लोगों के हाथ में सत्ता रही है, उन लोगों ने श्रम को कभी महत्त्व नहीं दिया है। आज एक ऐसे भौतिकतावादी समाज का निर्माण हो रहा है, जहाँ श्रम का सम्मान नहीं है। स्थिति यहाँ तक खराब है कि महिला श्रमिकों का अपने ही परिवार में महत्त्व नहीं है। लोगों को अपनी मानसिकता में परिवर्तन लाना होगा, क्योंकि कोई भी काम बड़ा या छोटा नहीं होता है, और हर व्यक्ति को गरिमामय जीवन जीने का अधिकार है। श्रम का मूल्य स्थापित होना चाहिए तथा राष्ट्र के निर्माण में सभी का योगदान होता है। ऐसी स्थिति में मजदूरों को हेय दृष्टि से देखना कहाँ तक उचित है? सच्चाई यह है कि बिना किसी सामाजिक अव्यवस्था के मजदूर समाज निर्माण के कार्य में लगा हुआ है और वह सम्मानजनक जीवन जीना चाहता है। आज देश की स्थिति इतनी खराब है कि मजदूर दूर-दूर तक जाकर काम करने के लिए बाध्य है। घर परिवार से दूर एक राज्य से दूसरे राज्य में कमाने के लिये जाने पर उसके मन पर क्या गुजरती है, इसे शब्दों में बयां केवल मजदूर ही कर सकता है। शहर के आस-पास सड़कों पर झोपड़पट्टियों में, बड़े मुँह वाले सीमेंट पाइपों में रहते हुए लोग दिख जाएँगे। बनारस शहर के चौराहे पर लगने वाली लेबर मंडी की भीड़ देश के विकास पर तमाचा है। एक भीड़ सुबह चौराहे पर थी, अब काम की खोज में वही भीड़ शाम को भी कुछ चौराहों पर देखी जा सकती है। हाथ में प्लास्टिक का झोला टाँगे, चौराहे पर खड़े इन मजदूरों के लिए संघर्ष के सिवाय जीवन में कुछ नहीं होता है। विषमता हमारी पूरी व्यवस्था में व्याप्त है। कुछ लोग यह कहते हैं कि आज की खुली अर्थव्यवस्था में मजदूर को भी यह अवसर है कि वह अपनी शर्तों पर अपना श्रम बेचे। यदि बिहार, पूर्वी उत्तर प्रदेश, झारखण्ड में

मजदूरी कम है तो वह भी देश के अन्य हिस्सों में जाकर मजदूरी कर सकते है। मजदूर दक्षिण भारत, हरियाणा, पंजाब आदि राज्यों में मजदूरी करने जा भी रहे हैं। लेकिन प्राय: वे ठगी के शिकार हो जाते हैं और बाहर जाकर उन्हें किसी तरह की सामाजिक सुरक्षा भी प्राप्त नहीं होती है। मजदूर जिस अकेलेपन और असुरक्षा के शिकार होते हैं उसकी कल्पना केवल वे ही कर सकते हैं। आज ग्रामीण अर्थव्यवस्था छिन्न-भिन्न हो गयी है। मशीनीकरण से जीवन आसान तो हुआ है, लेकिन जिस तरह से बेरोजगारी बढ़ी है और लोग दिहाड़ी मजदूर बन गये हैं, उसकी तस्वीर चौराहे पर देखी जा सकती है। चौराहे पर खड़ी मजदूरों की भीड़ देश में बढ़ती हुई बेरोजगारों की तस्वीर पेश करती है। रोजगार की स्थिति इतनी बिगड़ चुकी है कि मजदूर का पूरा एक-एक दिन चौराहे पर खड़े-खड़े ही बीत जाता है। यदि दिन में काम मिला तो ठीक, लेकिन यदि दिन में काम नहीं मिला तो इधर-उधर घूमने के बाद वह फिर चौराहे पर आ जाता है कि रात में ट्रक से आने वाले माल को उतार कर कम से कम एक समय की रोजी-रोटी की व्यवस्था तो कर सके। मजदूरों के ऐसे संघर्षशील जीवन को कितने लोग महसूस करते हैं? यहाँ के मैदागिन चौराहे के पास के दुकानों के बन्द होने के बाद मजदूर जिन पतले-पतले चबूतरों पर सोते हैं, उसमें एक करवट भी नहीं ले सकते हैं। यदि मजदूरों ने करवट लेने का प्रयास किया तो उसका नाली में गिरना तय है। ठीक नाली के ऊपर हजारों मच्छरों के साथ सोये व्यक्ति की ओर कितने लोगों का ध्यान जाता है, क्या चौराहे का मजदूर इनसान नहीं है? मजदूरों के संघर्षों के प्रति आखिर कितने प्रतिशत लोग संवेदनशील हैं? घर परिवार से दूर इस चौराहे से उस चौराहे पर भागते हुए मजदूर को जब काम नहीं मिलता तो उसे भोजन की व्यवस्था करना बहुत मुश्किल हो जाता है। गर्मी, जाड़ा और बरसात कोई भी महीना हो, उसकी रुटीन एक जैसी ही होती है। उसे जहाँ कहीं जगह मिलता है, वह वहीं सो जाता है। कई मजदूरों ने कहा कि जब बरसात ज्यादा होती है तो पूरी रात जगकर बितानी पड़ती है, और बौछार आने पर कहीं आस-पास खिसक कर सोना पड़ता है। देश के विभिन्न कोनों में ऐसे लोगों की संख्या बहुत बड़ी है, जो किसी तरह अपना जीवन-यापन कर रहे हैं। उनके कठिन और निराशाजनक जीवन की अनुभूति करना समाज के हर तबके के लिए आवश्यक है। वे लोग जो मजदूरों को प्राप्त होने वाली मजदूरी पर अध्ययन कर रहे हों, उन्हें इन मजदूरों की मजदूरी के साथ-साथ उनके सम्पूर्ण जीवन पर भी प्रकाश डालना चाहिए।

मजदूर हर तबके के लोगों के यहाँ काम करने जाता है, और जब उन लोगों के यहाँ काम करने जाता है, जिनका धन्धा ही चोरी है तो उनकी कुदृष्टि का शिकार होता है, और उसे भी लगता है कि शायद यह बहुत बड़ा चोर है और हमारे घर में

चोरी करने आया है। मजदूरों को ऐसी-ऐसी परिस्थितियों का सामना करना पड़ता है कि उसे शब्दों में केवल वही व्यक्त कर सकता है। चूँकि वह चौराहे का मजदूर होता है, इसलिए उसे हर व्यक्ति शक की निगाह से देखता है। घर परिवार को छोड़कर चौराहे पर रोजी-रोटी की खोज में आये व्यक्ति का जीवन कितना असुरक्षित होता है, इसकी कल्पना की जा सकती है। परिवार यह सोचता है कि वह शहर में कमाने गया है, लेकिन शहर में उसे क्या काम मिला, या शहर में वह क्या काम करता है, यह परिवार के किसी सदस्य को नहीं मालूम होता है। गाँवों से चलकर शहरों में असुरक्षित जीवन जीता हुआ मजदूर ऐसा लगता है कि सहमा हुआ है। ये मजदूर जिनका अपना घर उसी शहर में है, और वे परिवार के साथ रहते हैं, उनकी रोजी-रोटी की व्यवस्था तो किसी तरह से हो ही जाती है। मजदूरों के प्रति लोगों की सम्पूर्ण मानसिकता में बदलाव की जरूरत है। जब तक किसानों, मजदूरों और वंचित समूहों के लिए रोजी-रोटी की व्यवस्था नहीं होती है और उनके सिर पर एक सुरक्षित छत नहीं होता है, तब तक हमारे लोकतन्त्र से बहुत से प्रश्न पूछे जाएँगे, और उसका जवाब आज नहीं तो कल देना ही होगा।

सुझाव

1. किसानों की स्थिति में तत्काल सुधार की आवश्यकता है। देश के कई हिस्सों में किसानों की आत्महत्या का सिलसिला जारी है। भारत में खेती अलाभकर हो चुकी है। कई राज्यों में किसान गरीबी रेखा से काफी ऊपर का जीवन जी रहे हैं। जिन राज्यों का किसान गरीबी रेखा से नीचे का जीवन जी रहे हैं, उन्हें मॉडल के रूप में उन किसानों से मिलवाया जाए, जो समृद्ध किसान है, ताकि वे अपनी खेती में सुधार कर सकें और शहरों की ओर मजदूरी करने के लिये न भागें।
2. आज खेती खत्म नहीं हुई है, बल्कि बर्बाद हुई है। खेती को बर्बाद होने से बचाने के लिये नये-नये उपाय सोचने होंगे। नवीन तकनीकी से किसानों को अवगत कराना होगा।
3. आज पुराने उद्योग-धन्धे खत्म/चौपट हो गये हैं और नये उद्योग-धन्धे पनप नहीं पाये हैं इसलिये आवश्यकता इस बात की है कि पुराने उद्योग धन्धों को नये रुप में परिष्कृत करके आगे बढ़ाना तथा नये-नये उद्योग धन्धों को स्थापित करना, ताकि कोई भी व्यक्ति भूखा न सोये।
4. उद्योगपतियों को किसानों की उत्पादक भूमि कभी भी नहीं दी जानी चाहिए।
5. खेती एक कला है, और हजारों वर्षों के अभ्यास से ही किसान इस कला में निपुण होता है, इसलिए इस कला को समृद्ध और खेती आधारित उद्योगों को स्थानीय स्तर पर बढ़ावा देने पर गहनता पूर्वक विचार करना चाहिए, जिससे उसकी इतनी आमदनी हो जाए कि उसे अन्यत्र पलायन के लिए नहीं सोचना पड़े।
6. आज इनसान का जीवन केवल खेती के सहारे नहीं चल सकता है, इसलिए औद्योगिक और सेवा क्षेत्र में रोजगार पैदा करने की आवश्यकता है, जो मजदूर के श्रम की प्रतिष्ठा स्थापित कर सके।

7. उद्योग धन्धे तभी पनपेंगे जब कृषि क्षेत्र खुशहाल होगा। औद्योगिक उत्पादन बढ़ेगा तो नये रोजगार भी पैदा होंगे।
8. आज किसान आत्महत्या कर रहे हैं। वे भूखे हैं। गाँव से शहरों में आकर चौराहे-चौराहे काम पाने के लिए दौड़ रहे हैं, फिर भी उन्हें काम नहीं मिल रहा है। चबूतरों और घाट की सीढ़ियों के सहारे अपना जीवन व्यतीत कर रहे हैं। यदि शहरों में आकर उन्हें किसी तरह का काम नहीं मिला तो वे यहाँ आकर भी आत्महत्या ही करेंगे, इसलिए आवश्यक है कि खेती की तरफ सरकार ध्यान दे और ऐसी योजनाएँ बनानी चाहिए कि गाँव, खेत, खलिहान के प्रति उनका विकर्षण न पैदा हो।
9. चौराहों पर खड़े मजदूरों का विधिवत् सर्वेक्षण कराकर इन्हें न्यूनतम मूल्य पर भोजन देने का प्रयास किया जाए और इन्हे सार्वजनिक/सरकारी कार्यों से जोड़ा जाए, जिससे इनके जीवन का निर्वाह अच्छी तरह से हो सके।
10. सभी स्कूलों, कॉलेजों, सरकारी विभागों, कर्मचारियों के लिये खादी पहनना और प्रयोग करना अनिवार्य कर दिया जाना चाहिए। खादी ग्रामोद्योग आधारित वस्तुओं के उत्पादन को पर्याप्त प्रोत्साहन दिया जाए। वर्तमान समय में रोजगार के सृजन की आवश्यकता सबसे ज्यादा है।
11. प्रत्येक छोटे-बड़े गाँवों का विकास करने के लिए जनता, सरकार तथा सामाजिक कार्यकताओं को आगे आना होना।
12. प्रत्येक एक किमी. की दूरी पर अन्न बैंक की स्थापना की जानी चाहिए। जहाँ एक रुपये किलो की दर से ऐसे लोगों को अनाज मिल सके।
13. सब्जी बैंक की स्थापना भी अन्न बैंक की तरह की जा सकती है।
14. प्लास्टिक के प्रयोग और उत्पादन को प्रतिबन्धित किया जाना चाहिए। स्थानीय स्तर पर पर्यावरण को नुकसान नहीं पहुँचाने वाली सामग्रियों जैसे- सन, सनयी, जूट, आदि के बाई प्रोडक्ट (प्रति उत्पाद) का प्रयोग किया जा सकता है। जिन भी लोगों के हाथों से काम छीन लिया गया उनलोगों के लिये काम की तत्काल व्यवस्था की जाए।
15. अप्रासंगिक हो चुकी शिक्षा व्यवस्था पर पुर्नविचार करते हुए कौशल आधारित शिक्षा को बढ़ावा देना चाहिये, जिससे लोग शहरों की ओर पलायन न करें।
16. नकदी खेती हो बढ़ावा दिया जाए।
17. ऐसे श्रमिकों के लिए विशेष कार्ड जारी किये जाएँ, जो शहरों में आकर सार्वजनिक/सुलभ शौचालय का प्रयोग करते हैं।
18. चूँकि मजदूर कई किमी. पैदल चलकर आता है, अतः न्यूनतम पैसे पर सायकिल खरीदने के लिये सरकार की ओर से सहायता दी जाए।

19. सायकिल स्टैंड पर सायकिल रखने के लिए मजदूरों से न्यूनतम चार्ज लिया जाए।
20. खादी के माध्यम से स्वदेशी वस्तुओं को खरीदने के लिये प्रोत्साहित किया जाए।
21. बेरोजगारों को छोटे-छोटे उद्योग स्थापित कर स्वरोजगार के लिये प्रेरित करना। खादी ग्रोमोद्योग में इसकी प्रबल सम्भावना है।
22. विकास के नाम पर आज जिस तरह से चौराहों पर मजदूरों की भीड़ बढ़ती जा रही है, उस पर गम्भीरता से विचार होना चाहिए।
23. बेरोजगारी की व्यापक समस्या पर काबू पाने के मकसद से लागू की गयी महत्त्वाकांक्षी योजना मनरेगा में यदि मजदूरों को समय से मजदूरी नहीं मिलती तो इस ओर ध्यान देना चाहिए। यह कानून मजदूरों के पलायन को रोकने के उद्‌देश्य से लागू किया गया था, ताकि उन्हें अपने गाँव-घर के पास ही रोजगार मिल सके। इस कानून के अन्तर्गत मजदूरों को सौ दिन का रोजगार सुनिश्चित किया गया है और रोजगार नहीं होने के एवज में सरकार द्वारा मजदूरों को बेरोजगारी भत्ता देने का प्रावधान है। मनरेगा जैसी महत्त्वपूर्ण योजना को भष्ट्राचार मुक्त कर धरातल पर उतारा जाए, ताकि ग्रामीण विकास के साथ-साथ मजदूरों को अपने गाँव में ही रोजगार उपलब्ध हो सके।
24. सभी कामों को केवल सरकार के आसरे नहीं छोड़ा जा सकता है। प्रबुद्धजनों, सामाजिक कार्यकत्ताओं, शिक्षकों, वकीलों, डॉक्टर्स, सेवानिवृत्त कर्मचारियों आदि लोगों को स्वयं आगे आकर समाज निर्माण के लिये कार्य करना होगा। देश को विकास तभी हो सकता है, जब अन्तिम पायदान पर खड़े व्यक्ति के उत्थान के लिये कई लोग आगे आएँगे।
25. ग्राम विकास की नीति अपना कर शहरीकरण की बढ़ती प्रवृत्ति को कम किया जा सकता है। गाँवों मे बेहतर रोजगार के अवसर शिक्षा, स्वास्थ्य, बिजली और पानी जैसी बुनियादी सुविधाएँ मुहैया कराने की जरूरत है।
26. गाँवों में कृषि के साथ-साथ बागवानी, पशुपालन, मछलीपालन, मुर्गी पालन, कुटीर उद्योग और हस्तशिल्प उद्योग आदि को बढ़ावा देकर बड़े पैमाने पर रोजगार के अवसर पैदा किये जा सकते हैं।
27. विकास की रोशनी देश के हर कोने तक पहुँचाने की जरूरत है। यदि गाँव खुशहाल होंगे तो देश खुशहाल होगा।
28. सरकारी योजनाएँ मजदूरपरक होनी चाहिए।
29. सरकार ने गाँवों के विकास के लिये अनेक योजनाएँ शुरू की हैं, जिनमें महात्मा गाँधी राष्ट्रीय ग्रामीण रोजगार गारंटी योजना, सर्व शिक्षा अभियान,

प्रधानमन्त्री सड़क योजना, राजीव गाँधी ग्रामीण पेयजल आपूर्ति योजना, ग्राम विद्युतीकरण योजना, दूरसंचार कार्यक्रम और भारत निर्माण आदि योजनाएँ शामिल हैं। इन योजनाओं का फायदा गाँवों और मजदूरों को नहीं मिल पा रहा है तो सरकारों को कठोर कदम उठाना होगा।

30. मशीन का इस्तेमाल इस रुप में करना होगा कि वह मजदूर की सहयोगी बने न कि हाथजनित काम का मशीनीकरण कर डाले। हर मशीन मजदूर फ्रेंडली (मजदूर की हितैषी, सुसंवादी) हो, यह ध्यान रखना होगा।

31. मशीनों ने उनके मुँह का निवाला ही नहीं छीना है, बल्कि उनकी कला की जो मौलिकता थी उसका क्षरण किया है। अतः हाथ के कामों की मौलिकता नष्ट नहीं होनी चाहिये, सरकार को उसका संरक्षण करना चाहिए।

32. खेती में निर्धारित बजट को बढ़ाकर, तकनीक से अवगत कराकर हर क्षेत्र में मुनाफे की खेती से किसानों को अवगत कराया जाए, ताकि वे किसान से मजदूर बनने की राह पर न पहुँचे।

33. गाँधीजी ने देश की स्थितियों को बहुत पहले ही पहचान लिया था। अतः उनके बताये हुए मार्ग पर चलकर ही इतनी बड़ी जनसंख्या के लिए घरेलू और कुटीर उद्योगों द्वारा उन्हें आत्मनिर्भर बनाया जा सकता है।

34. भारत की तरक्की और खुशहाली में बुनियादी जरूरतें उपलब्ध कराने के मामले में कृषि के साथ पशुधन की भी महत्त्वपूर्ण भूमिका रही है। अर्थव्यवस्था को बेहतर बनाने और आम आदमी का जीवन स्तर उठाने के लिये जो क्रान्तियाँ हुईं, उनका सीधा सम्बन्ध कृषि से है। कृषि व्यवस्था में पशुधन का योगदान करीब पच्चीस फीसदी है। ऐसे दौर में जब भारत को दुनिया के सबसे तेज विकासशील अर्थव्यवस्थाओं में एक माना जा रहा है, तब सर्वाधिक चिन्हित करने वाली खबर यह है कि कृषि प्रधान देश में पशुधन में तेजी से गिरावट हो रही है। पिछले पाँच साल में करीब सत्तरह लाख पशुओं की कमी दर्ज की गयी है। पशुधन न केवल खेती, बल्कि ग्रामीण अर्थव्यवस्था की रीढ़ है। पशुधन को सँजोकर रखने वाली परम्परा कमजोर हुई है। पशुओं के प्रति संवेदनशीलता का भाव भी कम हुआ है। गाँव के किसान और गरीब वर्ग के लिये पशुधन संजीवनी है। यदि पशुधन पर गरीब वर्गों और किसानों को मदद दी जाती तो आज शहरों में मजदूरों की इतनी भीड़ दिखायी नहीं पड़ती।

35. आज समस्या सरकार की नीतियों और उसे लागू करने वालों में है। दुनिया में पशुधन की सबसे बड़ी सम्पदा वाले देश को जैविक खाद के इस्तेमाल के बारे में ही नहीं सोचना चाहिए, बल्कि इसके निर्यात की सम्भावनाओं के बारे

में भी सोचना चाहिये, जिससे लोगों को रोजगार मिल सके और लोग अपने क्षेत्र में रहकर ही रोजी-रोटी कमा सकें।

36. आज भी हमारे देश की पहचान कृषि प्रधान देश के रुप में ही होती है। कृषि प्रधानता की इस पूरी कहानी में पशुधन की भूमिका और योगदान भी अहम् है। ऐसे में जरूरत है पशुधन के इस्तेमाल की बेहतर नीति बनाने की, जिससे हमारे देश की अर्थव्यवस्था को बल मिलता रहे और लोग रोजगार की खोज में शहरों की ओर न भागें।

37. मनरेगा का ध्यान अति पिछड़े इलाकों के वंचित समुदाय और कौशल विकास पर केन्द्रित किया जाना चाहिए। मनरेगा को सामाजिक-आर्थिक जाति गणना से जोड़ा जा सकता है। लेबर चौराहे पर खड़ा अधिकांश लेबर वंचित समुदाय का ही होता है।

38. प्रत्येक पाँच किमी. की दूरी पर गाँवों में अच्छे स्कूल-कॉलेज और अस्पताल की व्यवस्था होनी चाहिए, जिससे लोगों को अच्छी शिक्षा और स्वास्थ्य की सुविधा मिल सके। स्वस्थ नागरिक ही राष्ट्र के विकास में सहयोग दे सकता है।

39. कमाने के लिए शहरों में आया इनसान जिन अमानवीय स्थितियों में जी रहा है, इस ओर सभी को मिलकर सोचना होगा, क्योंकि आबादी का असन्तुलित और अधिक घनत्व सिर्फ गरीबी, बेरोजगारी और मारामारी ही नहीं लाता, यह लोगों को विक्षिप्त भी बना सकता है।

40. हमारे शहर कचराघर में तब्दील हो रहे हैं, और लोगों का गाँवों से सतत् पलायन का दौर शुरु हो चुका है। प्राकृतिक रुप से बेहतर गाँवों को छोड़कर लोग कम शुद्ध भोजन, कम शुद्ध पानी तथा सड़कों पर सोने के लिए विवश हैं। विकास की ऐसी नीति बनानी चाहिए कि लोगों की मूलभूत आवश्यकताओं की पूर्ति अपने ही स्थान पर हो जाए।

41. गाँवों में आज भी कोई जानवर बीमार पड़ता है तो उसे मरने के लिए छोड़ देने के अलावा कोई चारा नहीं है। पशुपालकों में ज्ञान और जागरुकता की कमी भी बड़ी समस्या है। पशुपालकों को नयी तकनीकी की जानकारियाँ भी नहीं है। यदि इन सभी समस्याओं का बेहतर निदान ढूँढ़ लिया जाए तो पशुधन हमारी अर्थव्यवस्था और आम आदमी के जीवन स्तर को सुधारने की दिशा में और ज्यादा उपयोगी हो सकता है। प्रत्येक गाँव में पशु अस्पताल की व्यवस्था करके पशुओं को मरने से बचाया जा सकता है, जिससे पशुपालक मजदूर बनने से बच सके।

42. पशुधन ग्रामीण अर्थव्यवस्था और जीवन के लिये आज भी जीविकोपार्जन का

सबसे बड़ा और सुगम साधन है।

43. आज मजदूर जनता के सम्मुख ऐसे अनेक प्रश्न है, जिनका उत्तर सम्पूर्ण समाज को आज नहीं तो कल देना ही होगा। अत: उनके जीवन स्तर में सुधार के लिये आज से ही सोचना होगा।

44. स्मार्ट सिटी से पहले आज स्मार्ट गाँव बनाने की जरूरत है। एक समावेशी विकास का रास्ता खोजना होगा, जिससे लोगों की बुनियादी जरूरतें पूरी हो सकें।

45. बुनकर/दस्तकार चौराहे पर खड़े होकर मजदूरी करने को बाध्य है। स्थिति यहाँ तक बिगड़ चुकी है कि जिस दिन उन्हें मजदूरी नहीं मिलती है, उस दिन उनके बच्चों को भीख माँगने तक के लिये निकलता पड़ता है। अभी भी कुछ नहीं बिगड़ा है। अच्छा हो कि बुनकरों के लिये सरकार नीति बनाये और उन्हें सस्ता ताना-बाना दिया जाए, जिससे वह अपने बुनकरी के पेशे में वापस चले जाएं। बनारसी साड़ी और कपड़े की प्रतिष्ठा पूरे विश्व में है। उस प्रतिष्ठा और सम्मान को वापस लाने के साथ-साथ बुनकरों की प्रतिष्ठा और सम्मान भी वापस लाने की जरूरत है।

46. ऐसे बहुत से काम हैं, जो बन्द हो चुके हैं, ऐसे काम करने वालों के लिए वैकल्पिक रोजगार उपलब्ध नहीं होने से वे भूखमरी के कगार पर हैं। जैसे- सोने-चाँदी का काम करने वाले, लोहार, मखनिया दही बनाने वाले, कान से खुट निकालने वाले (यह काम स्वास्थ्य के लिये वैज्ञानिक तरीका नहीं है), पत्थरों को तराश कर हाथी बनाने वाले, आदि बहुत से काम ऐसे है, जिनको करने वालों की रोजी-रोटी छीन चुकी है। मशीनों ने उनके मुँह का निवाला तक छीन लिया है। ऐसे कारीगरों के कामों को मशीनों से बचाना और वैकल्पिक रोजगार की व्यवस्था करना आवश्यक है।

47. गाँधी विकास की ऐसी किसी भी अवधारणा के विरुद्ध थे, जिसका लक्ष्य भौतिक इच्छाओं को बढ़ाना और उनकी पूर्ति का उपाय ढूँढ़ना हो। महात्मा गाँधी ने कहा था कि हम प्रकृति से जितना लें, उतना उसे दें भी, तभी प्रकृति का सन्तुलन बना रहेगा, इसलिये उन्होंने ग्राम स्वराज के आर्थिक विकास का मॉडल दिया था। अत: गाँधीजी द्वारा बताये गये रास्ते पर चलकर चौराहे पर खड़े लेबर की समस्याओं का समाधन किया जा सकता है।

48. विकास की राहों को बन्द नहीं किया जा सकता है, किन्तु हम कितना भटक सकते हैं, इसकी चिन्ता अभी से करनी होगी। गाँधी के विचार हमें सही साबित होते दिखायी देते हैं, क्योंकि आज का जो ताना-बाना हमारे चारों ओर खड़ा है, वह गाँधी के विचारों के विपरीत साबित हो रहा है।

49. हम लोगों ने श्रम का सोपानीकरण कर लिया है, कि यह काम श्रेष्ठ है, और यह काम निकृष्ट है। हम सभी ने श्रम के सौन्दर्य को बहुत संकीर्ण बना दिया है। देश में श्रम के साधनों में विभेदीकरण की समस्या ज्यादा है। अक्सर विरोध प्रदर्शन के लिए जूता पॉलिश या फिर झाड़ू देने जैसे प्रतीकों का इस्तेमाल किया जाता है जैसे ये निम्नतर कार्य है। जब हम विरोध के लिये ऐसे प्रतीकों को चुनते हैं तो यह भूल जाते हैं कि यह एक तरह से उन सभी लोगों और समुदायों का अपमान है, जो ऐसे पेशों से जुड़े होते है। कई लोग ऐसे पेशों से जुड़े होते हैं। कोई श्रम निम्नतर या उच्चतर नहीं होता है। आज सम्पूर्ण समाज को उन कारणों की खोज करनी है, जिनके चलते वे पीछे छूट गये हैं। इस प्रक्रिया में हम सभी की भूमिका है। श्रम का समाज में महत्त्वपूर्ण स्थान है, और इसके सौन्दर्य की महत्ता सम्पूर्ण देश में है। प्रत्येक श्रम की अलग-अलग विधा होते हुए भी प्रत्येक श्रम समान है। अलग-अलग विधा का काम करते हुए भी हर श्रम समान है। किसी भी श्रमिक के काम को कम करके देखना उसकी कार्य की महत्ता को कमतर बनाता है। गाँधी जी ने जिस तरह से हर कार्य को महत्त्वपूर्ण माना है, उसी तरह से मजदूरों द्वारा किये गये प्रत्येक कार्य को गरिमा प्रदान करना सम्पूर्ण समाज की जिम्मेवारी है।
50. जो वस्तुएँ लघु एवं कुटीर उद्योगों में बनायी जा सकती है, उन्हें बड़े उद्योगों में उत्पादित नहीं करने की स्पष्ट नीति होनी चाहिए।
51. हथकरघे के काम से कई करोड़ लोग जुड़े हुए हैं। अतः आवश्यकता इस बात की है कि इस काम से जुड़े लोगों के कामों को पुनः स्थापित किया जाए। (जो लोग इस काम को छोड़ चुके हैं, उन्हें फिर से इसी काम को करने के लिये प्रोत्साहित किया जाए।)
52. बहुराष्ट्रीय कम्पनियों द्वारा भारत में आकर उत्पादन को प्रोत्साहित करने की अपेक्षा आम जनता द्वारा उत्पादन के अवसरों को योजनाबद्ध तरीके से लागू किया जाए।
53. आज सभी देशों पर पर्यावरण का संकट मँडरा रहा है। विकास के नाम पर विनाशलीला चल रही है। विकास की इस प्रक्रिया में इनसान की रोजी-रोटी छीनती जा रही है। अतः नियम ऐसे बनाये जाने चाहिए, जिससे किसी के मुँह का निवाला न छीने। पर्यावरण की रक्षा के लिए वर्तमान औद्योगीकरण के विकल्प में पारम्परिक जैविक खेती और कुटीर उद्योगों को विकसित और प्रोत्साहित करना होगा। इससे न सिर्फ प्रदूषण से मुक्त जीवन की सम्भावना बढ़ेगी, बल्कि हाशिये पर पड़े लोगों की स्वायत्तता को भी बल मिलेगा।
54. गरीबों के हितों के विरुद्ध निर्णय नहीं लिया जाना चाहिए। कामगार, बुनकर,

जरदोज, किसान और महिलाओं को एकजुट करके उनके लिए कल्याणकारी योजनाएँ बनाने की जरूरत है।

55. चौराहे पर खड़े मजदूरों के लिये चौराहे के पास ही स्वच्छ पेयजल, न्यूनतम पैसे में पौष्टिक भोजन, नाश्ते, आदि की दुकानें होनी चाहिये, जिससे चौराहे का मजदूर अस्वास्थ्यकर भोजन और परिस्थितियों से बच सके। बनारस शहर में हर चौराहे पर जहाँ कहीं भी मजदूर खड़े होते है, वहाँ कचौड़ी, जलेबी या तली-भूनी चीजों की दुकानें खुल जाती हैं। भूखा मजदूर एक दो कचौड़ी आदि खाकर काम पर चला जाता है, जिससे उसके शरीर में वह शक्ति भी नहीं रहती कि वह बोझ उठाने का काम ठीक से कर सके।

56. सरकार को मजदूरों के लिए ''सस्ता भोजन कोर्ड'' बनवाना चाहिए तथा शहर में कुछ दुकानों को इसकी जिम्मेवारी दे देनी चाहिए। मजदूरों की फोटो इस कार्ड पर लगायी जा सकती है। ऐसी व्यवस्था हो कि मजदूर वहाँ जाकर जब चाहे भोजन खा सकें।

57. शहरों में काम करने आये मजदूरों के लिए सस्ते दर पर बिस्तर किराये पर देने की व्यवस्था, भोजन की तरह ही की जा सकती है।

58. कल्याणकारी कार्यक्रम केवल चौराहे पर खड़े मजदूरों के लिये ही नहीं वरन् असंगठित क्षेत्र में कार्यरत समस्त श्रमिकों के लिए चलाया जाना चाहिए।

59. इनसान भेड़ बकरी नहीं है कि उसे बाजार में बिकने के लिये भेज दिया जाए। उनकी सम्मान-जनक स्थिति बनाये रखने के लिये सभी को प्रयास करना होगा।

60. लेबर चौराहे पर आये मजदूरों में देखना है कि कौन कुशल श्रमिक है और कौन अकुशल श्रमिक है। इसकी छँटाई करते हुए उन्हें उनकी योग्यता के अनुसार काम दिया जाना चाहिए।

61. मजदूरों में नया करने की क्या योग्यता है, इसकी पहचान करते हुए उन्हें कार्य दिया जा सकता है। उसमें जिस क्षेत्र की विशेषज्ञता हो, उसको आगे बढ़ाते हुए उन्हें सम्मानजनक जीवन जीने का अवसर प्रदान किया जाना चाहिए।

62. समाज में जिस तरह से भौतिकवादी दृष्टिकोण पनप रहे हैं, और कोई अपने आपको बड़ा तथा दूसरे को छोटा समझ रहा है, उससे मानव की गरिमा प्रभावित हो रही है, जिसे रोकने का प्रयास करना होगा।

63. भारतीय अर्थव्यवस्था का प्रमुख आधार ग्रामीण अर्थव्यवस्था ही है। यदि देश की ग्रामीण अर्थव्यवस्था लड़खड़ा जाती है तो भारतीय अर्थव्यवस्था डाँवाडोल हो जाती है। भारत में ग्रामीण विकास की अवधारणा नयी नहीं है। प्राचीन भारत में गाँव अपने आप में स्वालम्बी इकाई थे। आजादी के आन्दोलन के

दौरान महात्मा गाँधी कहते थे—भारत की आत्मा गाँवों में बसती है। जब तक गाँवों का विकास नहीं होगा तथा गाँव पुनः आत्मनिर्भर नहीं होंगे तब तक लोगों का गाँवों से शहरों की और पलायन जारी रहेगा और वे यहाँ आकर मजदूरी करने को बाध्य रहेंगे।

64. भारतीय जीवन पद्धति के आधार पर भारत के गाँवों की विकास योजनाएँ बनानी होंगी। गाँव के विकास को केवल आर्थिक विकास तक सीमित रखकर ग्रामीण जीवन में सुख-शान्ति तथा मानवीय उन्नति नहीं लाई जा सकती है। ग्राम विकास की प्रक्रिया में स्वावलम्बन, संस्कार, श्रम, पारिवारिक जीवन, नैतिकतापूर्ण शिक्षा, स्वास्थ्य, सदाचार एवं परस्पर पूरकता की दिशा प्रशस्त करनी होगी। ग्राम विकास का अर्थ है—गाँव का सम्पूर्ण एवं सर्वांगीण विकास। भारतीय गाँवों को एक बार पुनः गाँधी के स्वप्नों का गाँव बनाने की आवश्यकता है। गाँव के कारीगरों को प्रोत्साहित किया जाए। यदि उन्हें सस्ती दरों पर ऋण, कच्चा माल तथा प्रशिक्षण दिया जाए तो वे शहरों में आकर मजदूरी करने को बाध्य नहीं होंगे।

65. यदि छोटे उद्योग फिर से उठ खड़े होते हैं तो रोजगार भी बड़े पैमाने पर यहीं से सृजित हो सकता है, क्योंकि इस उद्योग से लाखों परिवारों का भरण-पोषण होता है।

❑❑❑

सन्दर्भ-सूची

1. हिन्द स्वराज, महात्मा गाँधी।
2. मेरे सपनों का भारत, मोहनदास करमचन्द गाँधी, प्रकाशक—सर्व सेवा संघ, राजघाट, वाराणसी।
3. काशी का इतिहास, डॉ. मोतीचन्द्र, विश्वविद्यालय प्रकाशन, चौक, वाराणसी, वर्ष-2003, पृ. 14-15।
4. निरंकार सिंह, गाँधी का सपना और आज के गाँव, जनसत्ता, 2 अक्टूबर, 2015।
5. विवेक कुमार मिश्र, विकास के ढाँचे में गाँव, जनसत्ता, 3 दिसम्बर, 2015।
6. तरुणा नेगी, जीवन के लिए जद्दोजहद, जनसत्ता समाचार पत्र, 24 नवम्बर, 2015।

णाणं पयासयं

वीर नि. सं. 2470

भारतीय ज्ञानपीठ

ई. सन् 1944